等価交換スキル＋《プラス》異世界＝《イコール》らくらく商人ライフ!!
Menu
RAME
RAME
RAM

キルファ
猫獣人《ケットシー》の冒険者。
クラスは斥候《レンジャー》。
尼《あま》田《た》士《し》郎《ろう》
ブラック企業で酷使
されていた青年。
自宅が異世界につな
がっていることを知り
商売をはじめる。
アイナ
シロウが異世界で
最初に出逢った、
母親思いの
女の子。8歳。

カレン
辺境の町ニノリッチの美人町長。珍しい物を売るシロウにお店を持たせる。
ネスカ
ハーフエルフの魔法使い。チョコに目がない。
ステラ
アイナの母。なんだか病気がちな様子。26歳。

ネスカ
キルファ
冒険者
パーティ
《蒼い閃光》
士郎と共に行動する冒険者たち。
メンバーはライヤー、ロルフ、キルファ、ネスカの４人。
ライヤー
ロルフ

Anytime I can! いつでも自宅に帰れる俺は、異世界で行商人をはじめました

vol.1

霜月緋色

Hiiro_shimotsuki

ill. いわさきたかし

口絵・本文イラスト　いわさきたかし

CONTENTS

第一話　こんにちわ異世界 …… 005
第二話　異世界の町 …… 017
第三話　花売りの少女 …… 027
第四話　商売をはじめよう …… 042
第五話　本日の利益は？ …… 059
第六話　開店準備 …… 079
第七話　町長カレンの頼み …… 095
第八話　冒険者ギルド、銀月 …… 124
第九話　冒険者パーティ、蒼い閃光 …… 140
第十話　銀月の危機 …… 189
第十一話　ただいまとかおかえりとか …… 206
第十二話　悪徳ギルドとの交渉 …… 227
第十三話　冒険者ギルド、妖精の祝福 …… 272
第十四話　ためらい …… 282
――幕間　アイナの過去 …… 294
第十五話　謎の病 …… 300
第十六話　病の正体 …… 328
最終話　母と子と …… 336
エピローグ …… 341

第一話　こんにちは異世界

「こんなことって、あるんだなー」

俺《おれ》はいま、森の中に立っていた。

前方にはファンタジーっぽい町並みが小さく見え、空を見あげればお月様が二つ。

そんで後ろを振《ふ》り返《かえ》れば、

「ばーちゃんの仏壇《ぶつだん》が置かれた和室があるっと」

俺は気持ちを静め、深呼吸。

「落ち着け。落ち着くんだ尼田《アマタ》士郎《シロウ》。まずは状況《じょうきょう》を整理するぞ」

先月末でブラック企業《きぎょう》を退職した俺は、本日ばーちゃんが遺《のこ》した一軒家《いっけんや》に引《ひ》っ越《こ》してきた。

掃除《そうじ》を済ませ、引っ越し業者が荷物を運びこむ。

荷ほどきをはじめ、中の物をしまおうと、ばーちゃんの仏壇（最初からあった）が置いてある和室の押入《おしい》れを開けたら――

「ファンタジーな世界に繋《つな》がっていた、と。はぁ……わけわかんねー。どんな怪奇《かいき》現象だよこれ。俺疲《おれつか》れてるのかな」

俺は一度和室に戻《もど》り、押入れの襖《ふすま》を閉める。

キッチンで濃《こ》い目《め》のコーヒーを淹《い》れ一〇分ほど休んだ後、改めて押入れを開けてみたけど、

「やっぱり、めっちゃファンタジーしてるんだよなぁ」

どうやら目の錯覚《さっかく》とかではなかったらしい。

今夜は満月なのか、二つのお月さまが真ん丸に輝《かがや》いていた。

再び襖を閉じ、ばーちゃんの仏壇に線香《せんこう》をあげる。

「ばーちゃんはこのこと知ってたの?」

当然答えなんか返ってこない。

遺影《いえい》の中のばーちゃんは、ちょっとイっちゃってる顔でダブルピースするばかりだ。

ばーちゃんは七年前に行方《ゆくえ》不明になり、先月やっと役所から死亡認定《にんてい》が下りた。

行方不明になった当時はすっごい大変だったけど、いまとなっては家族全員がばーちゃんの死を受け入れている。

『士郎……いつか婆《ばあ》ちゃんの秘密を教えてやるからのう』

そう言っていたばーちゃんは、その『秘密』を教えぬままダブルピースで逝《い》ってしまったのだ。

「ばーちゃんが教えたかったことって、ひょっとして押入《コ》れ《レ》の中のことだったのかな?」

ばーちゃんとの思い出に浸《ひた》っていると、

「ん? これは……手紙?」

仏壇の隙間《すきま》に手紙が挟《はさ》まっているのを見つけた。

手紙を手に取る。そこには『家族へ』の文字が。

「まさか……ばーちゃんの遺書か⁉」

俺は封《ふう》を切り手紙を広げた。

「やっぱりそうだ。……これはばーちゃんの字だ。なになに————……」

ばーちゃんが遺した、『この道を行けばどうなるものか』という書き出しではじまった手紙。

数行目には、

『いままで黙《だま》っててすまないね。実は婆ちゃんな、八〇年前にルファルティオという世界から日本にやってきた魔女《まじょ》なんじゃよ』


と書かれていた。

俺は手紙から顔を上げ、深く深呼吸。

「ばーちゃん……いきなり情報量多すぎだよ」

もし押入れの中身より先にこの手紙を見つけていたら、大好きだったばーちゃんがファンタジー脳に侵《おか》されてしまった、と嘆《なげ》いたことだろう。

けれど、押入れの中に広がっていた世界を見てしまったいま、信じるほかなかった。

「ひょっとしてばーちゃんは故郷の世界でまだ生きているんじゃ……はは、さすがにそれはないか」

ふと湧《わ》き出《で》た希望を、首を振って追《お》い払《はら》う。

七年前の時点でばーちゃんは足元がおぼつかなくなっていたし、寒いわけでもないのにいつもぷるぷると震《ふる》えていた。

当時高校生だった俺は、ばーちゃんが長くないことを覚悟《かくご》していたのだ。

「となると、最期《さいご》を故郷の世界で迎《むか》えたかったのかな?」

どちらにせよ、ばーちゃんはもういないのだ。

じわりと視界がにじみ、慌《あわ》てて目を閉じる。

「っと、落ち込んでる場合じゃないよな。続きを読むか」

気を取り直して手紙を読みすすめる。

要約すると、主に六つのことが書かれていた。
一、押入れが地球とは違う世界《異世界》、ルファルティオに繋がっていること。
二、ルファルティオは地球と比べると文明レベルが低いが、代わりに『魔法』や『スキル』という不思議な力が存在すること。
三、地球では考えられないような危険なモンスター《魔物》がいること。
四、人間以外にも意思の疎通《そつう》ができる種族が多数存在すること。
五、手紙と一緒《いっしょ》に異世界の言語が理解できる『魔法の指輪』を入れておいたからつけること。
六、異世界の書物を仏壇の裏に隠《かく》してあるから、指輪をはめてから読むこと。
以上のことが書かれ、手紙は『迷わず行けよ。行けばわかるさ』との一文で締《し》められていた。

「ばーちゃん……」

手紙に書かれていたように、封筒《ふうとう》の中には銀色の指輪が入っていた。

よく見ると、薄《うす》く光っているようにも見える。

次に仏壇の裏を覗《のぞ》き込むと、

「本……か？」

確かに本が二冊あった。

謎《なぞ》言語で書かれているため、タイトルはおろかページをめくってもまるで読めない。

手紙に書かれていたことが本当なら、この指輪をはめればこの謎言語——異世界の文字も理解できるそうなんだけど……。

俺は指輪を左手の人差し指にはめる。

結果――

「……等価交換《とうかこうかん》の書に……く、空間収納《くうかんしゅうのう》の書？」

さっきまで読めなかった本のタイトルが、マジで読めるようになっていた。

等価交換の書と書かれた本は、三〇ページほどと薄い。空間収納の書に至っては一〇ページほどだ。

内容はチンプンカンプンだったけど、読み終わると、

『スキル、【等価交換】を得ました』

と頭の中で声が響《ひび》いた。

「だ、誰《だれ》だっ⁉」

部屋を見回しても仏壇とダブルピースしてるばーちゃんの遺影しかない。

なにこれ？　めっちゃファンタジーなんですけど。

「ふーむ。よくわからないけど、【等価交換】ってスキルを得たってことかな？　なんかラノベやゲームみたいだな」

続けて空間収納の書を読む。

『スキル、【空間収納】を得ました』


また声が響いた。

「スキルを入手するたびに声が聞こえる仕様っぽいな」

さて、異世界の言語を理解する指輪に、等価交換と空間収納なるスキル。

これらをゲットしたいま、俺はどうしたものか。

ブラック企業を退職したばかりの俺は、ぶっちゃけかなり暇《ひま》だった。

しかも法廷《ほうてい》でブラック企業《会社》と争い、未払《みはら》いの残業代に元上司から受けたパワハラの慰謝《いしゃ》料《りょう》までゲットしていたものだから、貯金も一気に倍増。

ブラック企業では散々、それこそ命をすり減らす勢いで酷使《こくし》されていたんだ。失業保険はきっちり満額貰《もら》うつもりでいる。

受給期間はダラダラと怠惰《たいだ》な生活を送るつもりだったんだけど……目の前に――というか、自宅の押入れに異世界が広がっているっぽいときた。

『迷わず行けよ。行けばわかるさ』

手紙に書かれたばーちゃんからの遺言《ゆいごん》。

俺は腕《うで》を組み、

「……どうする、俺？」

と呟《つぶや》くのだった。

◇◆◇◆◇

「むー、異世界に行くべきか、行かざるべきか」

押入れが別の世界――異世界に繋がっている。そんなことを言っても誰も信じてくれないだろう。

万が一、億が一にも信じてもらえたら、それはそれでばーちゃん家《ち》が日本とかＵＳＡとか国連とかに接収されてしまう可能性が大だ。

なぜなら本当に異世界へと繋がっていて、その異世界が地球と同じサイズだと仮定したら、それはつまり地球一個分の資源が俺の家にあるということと同義。

国のため、世界のためとして、ばーちゃん家は権力者たちにボッシュートされてしまうに違いない。

もし秘密を明かすにしても、本当に信頼《しんらい》できる相手のみにした方がいいだろう。

となれば、選択肢《せんたくし》は一つしかない。

「んー、押入れのことは、しばらく誰にも言わないでおくか」

なら次は、押入れの先にある異世界に行くか、行かざるべきかだけど……幸いなことに、いまの俺は誰よりも自由な身。

そして押入れには地球一個分の資源。

なにより、『迷わず行けよ。行けばわかるさ』とのばーちゃんが遺したメッセージ。

となると——

「やっぱ、行くっきゃないよね。ばーちゃんも事あるごとに孫には旅をさせたい、って言ってたし」

俺は頷《うなず》き、異世界ルファルティオに行ってみることにしたのだった。

◇◆◇◆◇

そして翌日。

近所のホームセンターでアウトドア装備を買《か》い揃《そろ》えた俺は、押入れの前に立っていた。

モンスターがいるとのことなので、念のためサバイバルナイフとかも買ってある。

これで異世界に行く準備は整った。

「ばーちゃん、俺行ってくるよ」

仏壇に手を合わせる。

手紙と一緒に入っていた指輪をはめ、押入れの襖《ふすま》を開ける。

一歩踏《ふ》み出《だ》し、いざ異世界へ。

押入れをくぐり、森の中へ立つ。

試《ため》しに後ろの襖を閉めてみると、す～っと消えていった。

次に襖よ、現れろ！　と念じると、す～っと現れた。

ばーちゃんの手紙に書かれていた通りだ。

この押入れの襖は、見えないだけで常に俺の後ろをくっついてくるそうだ。早い話が、いつでもどこでも俺の意志で異世界へ行き来できるってことらしい。

凄《すご》いよね、ばーちゃん家の押入れ。

「さーて、いっちょ冒険《ぼうけん》してきますか」

俺は気合を入れ、まずは森の向こうに見える町を目指すことにした。

第二話　異世界の町

町は、森の出口から五〇〇メートルほど歩いたところにあった。

特に町を囲う塀《へい》などもなく、部外者の俺でもすんなりと入ることができた。

「なんとまあ、のどかな町だこと」

町にはレンガ造りの家が並んでいる。たまに、いかにも町人ですって感じの人たちとすれ違う。

アウトドアスタイルの俺を興味深そうな目で見ていたから、試しに「こんにちはー」と声をかけたら、「こんにちはー」と返ってきた。

おおっ。ばーちゃんが遺した指輪、ちゃんと異世界の人とお話しできてるぜ。

そんな感動を覚えていると、不意にお腹《なか》がグーと鳴った。

理由は簡単。目の前にめっちゃ美味《おい》しそうな串焼《くしや》きの屋台があったからだ。

「おっ、そこの兄ちゃん一本どうだい？　安くしとくぜ」

屋台のおっちゃんが話しかけてきた。

じゅうじゅうと音を立て、炭火で焼かれている串焼き肉は美味しそうな香《かお》りを漂《ただよ》わせている。

この串焼きをビール片手に食べてみたい。

俺は強くそう思った。

「おっちゃん、これってなんの肉なの？」

「角ウサギの肉さ。こんなに肉が刺《さ》さってたったの銅貨三枚だ。どうだい？　食ってかないか？」

「うーん。すっごい食べたいんだけど、あいにくいま持ち合わせがなくてさ……」

「なんだ冷やかしかよ」

おっちゃんが露骨《ろこつ》に顔をしかめる。

その態度、客商売としてどーなんだと思わなくはないけど、俺はとぼとぼとその場から立ち去った。


「異世界のおカネがあれば、あの串焼き食べられたのになー。くそー」

俺はズボンのポケットに手を突っ込み、中に入っていたものを無造作に取り出す。

全部で四二〇〇円。異世界《こっち》に来る前にコンビニで買い物したお釣《つ》りだ。

こんだけあればちょっと豪勢《ごうせい》なランチだって食べられるのに、異世界じゃ串焼き一本も買えないときた。

「はぁ……。角ウサギの肉かぁ。日本円であの串焼きが買えればなー」

そのときだった。

手に持っていたカネがふっと消え、かわりに見たこともない硬貨《こうか》が現れたじゃないか。

「な、なんだこれ⁉」

茶色い金属でできた硬貨が全部で四二枚。

「いったい俺のカネは……ああっ⁉　まさかこれが【等価《とうか》交換《こうかん》】のスキルなのか⁉」

消えたのは四二〇〇円。

現れたのは茶色い硬貨が四二枚。

俺はダッシュで屋台へ戻る。

「ん、さっきの兄ちゃんじゃないか。今度こそカネを持ってきたんだろうな？」

「なあおっちゃん、さっき言ってた『銅貨』ってこれのことか？」

俺はさっき現れた茶色い硬貨をおっちゃんへと見せた。

おっちゃんは不思議そうな顔で首を傾《かし》げる。

「なにあたり前のこと言って——はは～ん、なるほどな。その格好を見るに兄ちゃんは他国から来た旅人か。そりゃこの国の通貨《カネ》を知らなくてもしゃーねーわな」

おっちゃんは納得《なっとく》したようにうんうんと頷き、

「おう。兄ちゃんの持ってるソレが銅貨だぜ」

と言う。

瞬間《しゅんかん》、俺は地面に両膝《りょうひざ》をついて叫《さけ》んだ。

「よっしゃーーーー!!」

続けて、

「おっちゃん！　串焼きを二本——いや、三本くれ！」

「あんがとよ。わざわざこんな辺境までやってきた旅人なんだ。特別に銅貨八枚にまけとくぜ」

「あんがとおっちゃん。はい、これ」

俺はおっちゃんに銅貨を八枚渡《わた》す。

おっちゃんは串焼きを三本渡してくる。

「まいど。熱いうちに食ってくれよ」

「いっただっきまーす！」

異世界ではじめての食べ物は、なんの味付けもされていなかった。

ビールを用意しなくてよかった。

俺は味付けのされていない串焼きを食べながら、一人そう思うのだった。

◇◆◇◆◇

串焼きを食べ終えた俺は、改めて【等価交換】のスキルを検証することに。

「日本円が異世界の通貨になることはわかった。問題はこの『銅貨』を元の日本円に戻せるか、だよな～」

となると、問題はどうやってスキルを使うかだ。

さっきは無意識にスキルが発動してたけど、きっとなにか条件があるはずだよな。

「ふーむ」

俺は手のひらに銅貨をのせたまま、日本円になれ！　と念じてみる。

すると、

「おお……。元に戻ったぜ」

なんとなんと、三四枚の銅貨が三四〇〇円になったじゃありませんか。

内訳は千円札が三枚に一〇〇円玉が四枚。

つまり、

日本円→異世界の通貨

異世界の通貨→日本円

となったように、検証の結果、俺の【等価交換】スキルを使えばどっちの世界の通貨にも両替《りょうがえ》できることが証明された。

なにこのスキル。ちょっと凄いんですけど。

続いて財布《さいふ》から一万円札を取り出し、等価交換スキルを発動。

一万札はしゅんと消え、代わりに銀色の硬貨が一枚しゅんと現れた。

「さっきと色が違うな。銀貨ってやつかな?」

俺は屋台に戻り、

「おっちゃん、これ使える?」

と銀色の硬貨を見せた。

おっちゃんはちょっとだけ嫌《いや》な顔をして、

「兄ちゃん、もう銅貨はないのか？　銀貨を出されたって釣りはねぇぞ」

と言ってきた。

おー、やっぱり銀貨だ。

とゆーことは、

銅貨一枚↓一〇〇円

銀貨一枚↓一万円

ってことか。

そして俺のスキルを使えば、日本円を異世界のおカネに替えることができるってわけか。

それどころか、もし異世界でおカネを稼《かせ》いじゃったら日本円にもできるってことだよな。

なにそれ。すげーんですけど。

「まずは所持金をこっちのおカネに替えておくか」

俺は財布のおカネを等価交換スキルで両替する。

全部で銀貨が二枚と銅貨が三四枚。

五〇円玉や一円玉が両替されなかったということは、この国（この世界？）の最少額は銅貨ってことか。

とりあえず屋台のおっちゃんの反応を見るに、町をぶらつく所持金としては十分だろう。

「こっちのおカネもゲットしたことだし、散歩してみますか」

俺はポケットをじゃらじゃらさせながら、町を観光することに。

町を囲む畑。その畑を囲む森。町を流れる小川もあり、洗濯《せんたく》している人たちの姿もちらほらと。

「きっと、スローライフってこんな感じなんだろうな」

そんなことを呟きながら気ままに散策していると、市場のような広い通りに出た。

おそらく、町で一番活気がある場所なんだろう。

道の両端《りょうはし》には屋台や露店《ろてん》が並び、ときたま通行人が足を止めている。

「へええ。正にファンタジーって感じの通りだな」

鎧《よろい》を着こんだ冒険者《ぼうけんしゃ》っぽい男。

ねじれた杖《つえ》を持つローブ姿のお姉さん。

なかにはネコ耳を生やした獣人《じゅうじん》の姿も。

こうも異世界ファンタジーされてしまっては、俺のテンションは天井知《てんじょうし》らずに上がっていく。

ぜひ彼《かれ》らと――できることなら可愛《かわい》いネコ耳娘《むすめ》なんかとお話ししてみたい。

でも、それには一つだけ障害があった。

「俺の服……やっぱりこっちじゃ浮《う》きまくってるな」

日本の最先端《さいせんたん》をいくアウトドアスタイルは、異世界人にはさぞ奇抜《きばつ》な格好に映ったんだろう。

みんな奇異《きい》の目で俺を見ているぞ。

「うん。ますは服だな。服を買おう」

そうと決まれば服屋を探さなくては。

服を売ってる露店はないかな？

そんな感じでキョロキョロしていると、

「あの……お花いりませんか？」

不意に、後ろから声をかけられた。

振り返ると、そこには可愛らしい一〇歳《さい》ぐらいの女の子の姿が。

左右で瞳《ひとみ》の色が違う。たしかオッドアイっていうんだったよな。

オッドアイの女の子は鮮《あざ》やかな色をした腰布《こしぬの》を巻いていて、手には花カゴを持っていた。

「ん、俺になにか用かな？」

そう訊《き》くと、女の子はおずおずと、

「ぁ……お、お花。お花……いりませんか？」

と言ってくるのだった。

第三話　花売りの少女

「お花……いりませんか？」

花売りの女の子が持つカゴには、色とりどりの花が入っている。

ぎっしり入ってるってことは、あまり売れていないんだろう。

「君、お花売ってるんだ？」

俺はしゃがみ込んで女の子と目線を合わせる。

女の子はこくりと頷く。

「せっかくだから一本もらおうかな？　いくらだい？」

俺がそう言うと、女の子の目が驚《おどろ》きで開かれた。

まさか買ってもらえるとは思ってもみなかった、って顔だ。

「一つ銅貨さん……え、えと。に、二枚だよ……です」

「銅貨二枚か」

「あ、あ、た、高い……ですよね？　い、一枚でもいいですっ」

女の子がわたわたしながらも、必死になって話す。

俺が大人だから緊張《きんちょう》してるのかもしれないな。

「よーし。じゃあこの黄色い花をもらえるかな？　はい、銅貨三枚」

「え、え？　銅貨三枚？」

「君、最初三枚って言おうとしたでしょ？　ならその金額でいいよ」

女の子は顔を真っ赤にして、

「ほんとうに……さ、三枚でいいの……です？」

と訊いてくる。

なんか小動物みたいで、恐《おそ》る恐るって感じだ。

敬語に慣れてないあたりも可愛いよね。

「いいよ。その代わりと言っちゃあなんだけど、ちょっと教えてもらいたいことがあるんだ」

「……教える？　お兄ちゃんに？」

「そ、俺に」

俺が笑うと、女の子もちょっとだけ微笑《ほほえ》んだ。

「……うん。いいよ。なにがききたいの……です？」

俺は花を受け取り、女の子に銅貨を三枚渡す。

そして女の子にいろいろと訊くことに。

「いろいろ訊きたいんだけど……うん。まずは君の名前を教えてくれるかな？」

「アイナだよ……です」

「ははは。ムリに敬語なんて使わなくていいよ。こっちまで緊張しちゃうしね」

そう言って笑いかけると、

「……うん」

硬《かた》かったアイナちゃんの表情が少しだけ和らいだ。

緊張がほぐれてきたのかもしれない。

「じゃあアイナちゃん、俺は尼田《アマタ》士郎《シロウ》……ん？　こっちだと士郎・尼田になるのかな？

まー、士郎って呼んでくれ。よろしくね」

俺は右手を差し出す。

アイナちゃんはじーっと俺の手を見たあと、

「よろしく……シロウお兄ちゃん」

と握手《あくしゅ》に応じてくれた。

「それじゃ、すっごく変なこと訊いて悪いんだけど……この町の名前を教えてくれないかな？」

　訊かれたアイナちゃんはきょとん。

「町のなまえ？」

「うん。俺《おれ》はほら、御覧《ごらん》の通り旅人でね。さっきこの町に着いたばかりだから、知らないことばかりなんだよ。よかったら町のことや風習について教えてくれないかな？」

「そうなんだ。んとね、この町はね――……」

　アイナちゃんのおかげで、俺はこの世界の情報を仕入れることができた。

　まず、いまいる場所はギルアム王国の辺境にある町で、名はニノリッチ。

　通貨の種類は、銅貨、銀貨、金貨の三種類があって、銅貨一〇〇枚で銀貨一枚、銀貨が一〇〇枚で金貨一枚に交換できるらしい。

　町人の平均月収は銀貨八枚ほどで、金貨を持っている人はほとんどいないんだとか。

　金貨一枚が一〇〇万円の価値なら、日本で札束を持ち歩くようなもんだ。

　そりゃ金貨を持ち歩く人なんかそうそういないよね。

「ふーん。月収が銀貨八枚かー。あれ？　この国のひと月って、何日なのかな？」

　とさりげなく訊いてみたところ、

「ひと月は三〇日だけど……シロウお兄ちゃんの国はちがうの？」

との回答をいただいた。

こっちの世界は一年が一二の月に分かれていて、ひと月はぴったり三〇日。

そこに年末年始と祖霊《それい》をお迎えする日がそれぞれ二日間加わった、三六四日がこの世界における一年になるとのことだった。

んー、おしい！　地球と一日違いだ。

そんでやっぱりここは市場で、なんと役場に届け出さえすれば誰でも——それこそ子供のアイナちゃんでも商売をしていい場所なんだそうだ。

「ふむふむ。なるほどねー。じゃあさ、俺でもその役場に届け出ればお店を出せるのかな？」

「……うん。出せるよと思うよ」

「そっか。それはいいことを聞いたぞ」

それってつまり、異世界で商売ができるってことじゃんね。

日本の物をこっちに持ってきて売れば、楽して稼ぐことができるかもしれない。

もっと詳《くわ》しく訊いてみよう。

でもその前に——

「アイナちゃん、もっとお花を売ってもらっていいかな？」

「……え？」

「そうだなー、あと一〇本ぐらいもらっていい？」

「……」

アイナちゃんってば、もの凄くビックリした顔をしているぞ。

口をパクパクさせている。

「シロウお兄ちゃん……じょうだんだよね？」

「冗談《じょうだん》なもんか。部屋に飾《かざ》るにしても一本だけだと寂《さび》しいでしょ？」

死んだばーちゃんは花が好きだった。

だから俺は、仏壇《ぶつだん》にお花をお供えしようと考えたのだ。

近所の花屋で売ってるのより、アイナちゃんから買った花の方が、ばーちゃんも喜ぶ気がする。

「……あ」

俺はカゴから花を一〇本引《ひ》き抜《ぬ》く。

一本銅貨三枚だから、ぜんぶで銅貨三〇枚だ。

「はい。銅貨三〇枚」

銅貨をアイナちゃんにじゃらじゃらと。

「お、おカネがこんなにたくさん……」

瞬間、アイナちゃんがじわっと涙《なみだ》ぐむ。

小さいうちから働くアイナちゃんにとって、銅貨三〇枚（三〇〇〇円）の重みは俺とは違うんだろうな。

俺も子供のときは、一〇〇〇円が大金だったもんな。

「ありがとう……シロウお兄ちゃん」

「いいんだよ。こっちこそキレイなお花をありがとう」

「……えへへ。お花をきれいっていってくれて……アイナうれしい」

アイナちゃんは泣きながらも小さく微笑む。

「あ、そうだ。俺に役場の場所とか、この市場でお店を出す手続きのことを詳しく教えてくれないかな？」

アイナちゃんはごしごしと涙を拭《ぬぐ》い、にっこり笑う。

「いいよ」

「ありがと。じゃあさっそく役場の場所を教えてもらえる？」

「アイナが連れてってあげる。こっちだよ」

「え、マジで？」

まさか役場まで案内してくれるとは思わなかったから、びっくりだ。

「こっちこっち～」

アイナちゃんがぴょんぴょん跳《は》ねながら手招きし、俺はその小さな影《かげ》についていくのだった。

◇◆◇◆◇

「シロウお兄ちゃん、ここが役場だよ」

役場は町の中心部にあった。

レンガ造りの二階建てで、町の住民以外でも利用していいそうだ。

俺はアイナちゃんの案内の下、役場へ入り手続きをはじめる。

手続きといっても、とても簡単なものだった。

まず、氏名と営業期間を書き、次に立売りか露店型か、はたまた店舗《てんぽ》型かを選択《せんたく》するだけ。

立売りは一日銅貨三枚で、露店型は銅貨一〇枚。

そして店舗型は一〇日単位での契約《けいやく》で、一〇日につき銀貨三枚が必要とのこと。

俺は露店型を選択し、期間はとりあえず五日としておいた。

申請《しんせい》用紙に必要なことを記入していく。

かかった費用は銅貨五〇枚。日本円で一日あたり一〇〇〇円の計算だ。

都内でのフリマ出店費用が一日三〇〇〇円なのを考えると、破格の値段設定ともいえるだろう。

役場の担当者曰《いわ》く、発起人《ほっきにん》は町長。

辺境にあるこの町に人と商人を呼び集め、町を発展させるため特別安く設定しているんだとか。しかも、自警団が見回りもしているので安全もバッチリとのこと。

町長もなかなかやるじゃんね。

「はい。書き終わりました。これで大丈夫《だいじょうぶ》ですか？」

俺は申請用紙を担当のおばちゃんに見せる。

ばーちゃんが遺《のこ》した指輪の効果で、異世界言語も問題なく書けたから凄いよね。

「シロウ・アマタさんね。露店型で出店期間は明日から五日間。合ってるかしら？」

「はい。合ってます。まー、儲《もう》かったら延長するかもしれませんけどね」

「あらー、いいじゃない。町の発展のためにもあなたの商売が上手《うま》くいくことを祈《いの》ってるわ。じゃあこれで受理しておくから、がんばんなさいよ」

「ありがとうございます。よろしくお願いしますね」

こんな感じで、出店申請は一五分ほどで終わった。

よーし。市場に戻《もど》って何が売れるか考えるぞー。

俺は再び、市場へと戻るのだった。

◇◆◇◆◇

俺はアイナちゃんと一緒《いっしょ》に市場へと戻ってきた。

無事に手続きも終えたし、明日から露店とはいえお店を出すんだ。

となると必要になってくるのが——

「市場調査だよね」

この町に住む人たちがどんな物を求め、どんな物が売れるか調べなくてはいけない。

「……シロウお兄ちゃんはなにを売るの?」

アイナちゃんが訊いてきた。

異世界人《旅人》の俺がなにを売るのか、興味津々《しんしん》って顔だ。

「ははは。手続きしといてなんだけど、実はまだなにを売るか考えてないんだよね。……

そうだ! この市場ってなにがよく売れるのかな? アイナちゃん知ってる?」

「んとね、町には『ぼーけんしゃ』がいっぱいいるから、ぼーけんしゃ向けのものが売れるみたい」

言われてみれば確かに市場はゲームやアニメに出てくるような格好をした、冒険者らしき人たちで賑《にぎ》わっている。

露店で売られているのも、冒険に役立ちそうな物が多い気がするぞ。

「ふーん。冒険者かー」

「そう。ぼーけんしゃ。森にね、モンスターがたくさんでるから、ぼーけんしゃはみんな……そ、そざい？　をねらって町にくるんだって。おかーさんが言ってた」

え？　森ってさっき俺が歩いてたとこだよね？

モンスターが出るって……。ま、まあ、無事に町まで辿《たど》り着《つ》けてよかったぜ。

「冒険者向けの物ねぇ」

「うん。ぼーけんしゃ向けのもの。……だからね、アイナのお花を買ってくれるひと……あんまりいないんだ」

アイナちゃんは哀《かな》しそうな顔でそう言った。

「そうなんだ……」

「でも今日はシロウお兄ちゃんにいっぱいお花買ってもらえてうれしかったの。アイナね、シロウお兄ちゃんにあえてよかった」

「えー、やめてよー。そんなこと言われると照れちゃうじゃん。でもそっか。冒険者向けねぇ」

市場を歩きつつ、お店を覗《のぞ》いていく。

ロープやナイフや砥石《といし》。

ランタンに火打石らしき物。

マントや寝袋《ねぶくろ》に鍋《なべ》や木製の食器類。

アイナちゃんが言ったように、確かにアウトドア《冒険者》用品が目立った。

そりゃここで花を売っても、誰《だれ》も買ってくれないわけだ。

「市場の半分以上が冒険者向けっぽいな」

「ね。アイナがいったとーりでしょ？」

隣《となり》を歩いていたアイナちゃんが、えっへんと胸を張る。

アイナちゃんは、俺が市場を見終えるまで一緒にいてくれるらしい。

というか、

「シロウお兄ちゃん、あそこは『ほぞんしょく《保存食》』のお店だよ」

市場に不慣れな俺を、ずっと案内してくれていたのだ。

なんて献身的《けんしんてき》な子なんだろう。こーゆー子がいいお嫁《よめ》さんになるんだろうな。

「それでね、あそこがランタンのあぶらを売っててね、あそこはお鍋を売ってるの。こっちのお店は――……」

市場を回り終える頃《ころ》には、俺とアイナちゃんはすっごく仲良くなっていた。

後半なんか手を繋《つな》いで歩いていたほどだ。

早くお嫁さんと可愛い娘が欲《ほ》しい。

俺は切実にそう思った。

「シロウお兄ちゃん、どうだった？　なに売るかきめた？」

腕組《うでぐ》みして考えを巡《めぐ》らす俺に、アイナちゃんが訊いてくる。

出会った時とは違《ちが》い、アイナちゃんは自然な笑顔《えがお》を俺に向けていた。

それだけ俺に懐《なつ》いてくれたってことだろう。

「うん。決めたよ」

「ホント？　なに売るの？　おしえておしえて！」

「それはね――……」

日本から持ってくる商品を聞いたアイナちゃんは、小首をかしげて、

「それ、なーに？」

と言うのだった。

第四話　商売をはじめよう

申請をした翌日。

俺は日本から『商品』を持って市場へと来ていた。

午前中の早い時間ということもあり、往来は少ない。

「よーし。お店を出す準備をしますか」

といっても露店だから地面にレジャーシートを敷《し》き、その上に商品を置くだけだけどね。

俺に与《あた》えられたスペースは六畳《じょう》ほど。東京でやってるフリマの倍ぐらいの広さだ。

リュックから商品を取り出し、大きさの違う箱をいくつもシートに並べていく。

「おっし。準備おっけー」

準備が終わったタイミングで、

「あ、シロウお兄ちゃんだー」

市場の向こうから、アイナちゃんがたたたと駆《か》け寄《よ》ってきた。

「おはよ、シロウお兄ちゃん」

「おはようアイナちゃん。今日も花売りかい？」

「うん。はやおきして摘《つ》んできたんだよ」

そう言って、カゴいっぱいに入った花を見せてくる。

これだけの数の花を摘むのは大変だったと思う。

きっと、凄《すご》く早起きしたんだろうな。

「うわー。キレイなお花ばかりだね。きっとたくさん売れるよ」

「うん！　アイナね、いっぱい売ってね、おかーさんに楽させてあげるの！」

アイナちゃんがふんすと気合を入れる。

今日のアイナちゃんは、いろんな表情を見せてくれるな。『お友だち』ぐらいにはなれたのかもしれない。

ちょっと嬉《うれ》しいよね。

「じゃあ、シロウお兄ちゃん、またね！」

「ああ。またあとで」

アイナちゃんは俺に手を振《ふ》ったあと、

「お花いりませんかー」

と道行く人に声をかけていく。

たくさん売れるといいな。

アイナちゃんみたいな可愛い女の子が日本の往来で花を売ってたら、一瞬《いっしゅん》で完売すると思うんだけどね。

「お花――あ、ごめんなさい。…………あのっ、お花いりませんか?」

声をかけながら歩き回るアイナちゃん。

いつの間にか、ここからじゃ見えなくなっていた。

まだ小さいのにお母さんのためにがんばってるアイナちゃんは、本当に偉《えら》いと思う。

よーし。俺もがんばって売るぞー。

だんだんと人通りが増えてきた。冒険者の姿もちらほらと。

「あんちゃん、ここはなにを売ってる店なんだ?」

不意に、いかにも冒険者ですって感じの青年が声をかけてきた。

俺が露店に並べている箱を手に取り、しげしげと見ている。呼び込みする前に来てくれるなんてツイてるぞ。

「これは……紙でできた箱か。工芸品かなにかか?」

俺の商品が物珍《ものめずら》しかったんだろう。

青年が訊いてきた。

「ああ、それはですねー」

俺は並べてある箱を一つ手に取り、中に入っていた短くて細い棒を取り出す。

「マッチといって、箱の中に種火になる棒が入っているんですよ」

日本から持ってきた商品の一つが、いま手に持っているマッチだった。

アイナちゃんから聞いた話では、この世界じゃ火打石をカチカチして種火にすることが主流で、毎回火を熾《おこ》すのに苦労しているそうだ。

魔石《ませき》なるものを使った火熾しの道具もあるにはあるけど、とても高価で一般《いっぱん》家庭はもちろん、中堅冒険者《ちゅうけんぼうけんしゃ》でも手が出ない値段なんだとか。

その話を聞いた俺は、種火として有用なマッチを商品として持ち込んでみたのだ。

「んん？『まっち』？　聞いたことがないな。その細い棒がどうしたら種火になるんだ？」

「見ててください。この棒の頭の部分で箱のザラザラしたヤスリ部分を擦《す》ると——」

俺は取り出したマッチ棒で、箱の側面を擦る。

すると、一瞬でぼっと火がついた。

「ほら。こうして簡単に火がつくんですよ」

俺が『マッチ』をプレゼンしてみたところ、冒険者の青年は、

「な、な、な、なんだそれはぁぁぁぁぁぁぁぁぁぁぁぁっ⁉」

ありえないぐらいビックリしていた。

「あんちゃん、なんだそれは!?　いまのどうやったんだっ!?」

青年は大興奮。

大声で叫《さけ》ぶもんだから通行人も足を止め、こっちに注目しているぞ。

日本だったら、確実にサクラを疑われる驚きっぷりだ。

「も、もう一回やってみせてくれ！」

「いいですよ」

手に持つ火のついたマッチを消し、箱からもう一本取り出す。

「よーく見ててくださいね」

マッチ棒の先端を箱の側面で擦り、火がつく。

「「「おおお～～～!!」」」

今度は通行人も一緒になってどよめきが起こった。

ほとんどは冒険者だけど、なかには町人っぽい人の姿も。

「なんだそれ!?」

「いま擦っただけで火がついたよな？　な？　な？」

「どうやったんだ？　魔法《まほう》か!?」

「バカお前。火を熾すのにわざわざ魔法を使う奴《やつ》がいるかよ。いまそこの兄ちゃんはそこの道具で火を熾したんだよ」

「嘘《うそ》つけ。そんな道具見たことも聞いたこともないぞ」

「いまこの目で見たんだよ！」

などなど。

マッチの存在はちょっとした騒《さわ》ぎになっていた。

「あんちゃん、その火をつけるの……俺でもできるか？」

冒険者の青年が真剣《しんけん》な顔で訊いてくる。

俺は頷《うなず》く。

「ええ。もちろんできますよ。ここ見てください。この棒の先っちょが赤くなっているでしょう？　この赤い部分は発火性のある薬が塗《ぬ》ってあって、この箱のザラザラしたヤスリの部分で擦ると火がつくようになっているんです。よかったらやってみます？」

「い、いいのかっ⁉」

「いいですよ。こーゆーのって、自分で試《ため》してみないとですもんね。さあ、遠慮《えんりょ》なくどうぞ」

「……とか言って、カネを取るつもりじゃないだろうな？」

「あはは、こんなので取りませんよ。さあ、試してみてください」

俺はマッチ棒と箱を青年に手渡《てわた》す。

青年は震《ふる》える手でマッチ棒を持ち、しゅっと擦る。

「……本当についた。俺でも火がついたぞ!!」

「「「「おおおおお～～～～～～～～～っ!!」」」」

再び起こるどよめき。

なんかもう、どよめきっていうか歓声《かんせい》に近かった。

「見てるみなさんもやってみます?」

そう訊くと、みんな「やる!!」と即答《そくとう》した。

俺はマッチ棒を渡し、順番に火をつけてもらう。

なかには一回でつかなかったりマッチ棒が折れちゃったりする人もいたけど、そういう人でも二回、三回目と擦るうちにちゃんと火をつけることができた。つまり、この場にいる全員がマッチの有用性を体感したことになる。

「こんなに簡単に火が……なんて凄いんだ」

感動に打《う》ち震える冒険者の青年。

俺はすかさずセールストークだ。

「火打石だと、火を熾すのに時間がかかりません？」

俺の言葉に、冒険者の青年が頷く。

「ああ。あんちゃんの言う通りだ。おれは気が短いからどうにも火打石が苦手でな。かといって火を熾すためだけに魔法を使ったり、バカ高いくせに重たい魔道具を買ったりするのもアホらしいだろ？」

「ですよねですよね。でもこの『マッチ』なら、誰でも簡単に火を熾すことができるんです。こっちの小さい箱にはマッチが四〇本。大きい箱には八〇〇本入っています。お一つどうですか？　きっと冒険に役立ちますよ」

青年がごくりと喉《のど》を鳴らす。

そして――

「あんちゃんの言う通り、その『まっち』があれば冒険がぐっと楽になるだろうよ。でもよ……いったいいくらで売ってんだ？　こんだけ便利なもんだ。さぞかし高いんだろう？」

ついに待っていた質問がやってきた。

店に集まっている人たちの顔にも同じ質問が書かれている。

俺は青年に顔を近づけ、

「いくらだと思います？」

と、あえて訊いてみた。

価格設定を丸投げすることにより、この世界でのマッチの価値を測ろうと考えたからだ。

「これだけ便利なもんだし……その上、先端には薬剤《やくざい》も付いてるわけだろ？　となると火打石よりは値が張るんじゃないか？」

昨日市場を見て回ったとき、火打石の着火セットは安くて銅貨五〇枚（五〇〇〇円）。高いと銀貨二枚（二万円）とかだった。

生活や冒険に欠かせない道具だからか、それなりの値段にはなるみたいだ。

「そうだな――」

青年が四〇本入りの小さいマッチを指さし、

「こっちの小さい箱には『まっち』が四〇本入ってるんだったよな？」

「はい。そうです」

「なら最低でも銅貨八〇枚はするんじゃないか？」

なるほど。

冒険者視点では、一本につき銅貨二枚の価値があると考えたわけか。

俺の考えを裏付けるかのように、この場にいる他《ほか》の冒険者もうんうんと頷いている。しかし一方で、町の住民――特に主婦の方々の表情は暗い。

冒険者の青年が言った値段では、まるで手が出ないって感じだ。

さーて、ここからが勝負どころだ。

商売には、大きく分けて二通りのやり方が存在する。


――貴重な物を高く売るか、安い物をたくさん売るか。


前者は一回の取引額は大きいけど、商品の値段が高い分、買い手の数は限られてくる。

後者はたくさんの人が買えるけど、一個一個の利幅《りはば》は小さい。

どちらも一長一短。

俺が選んだのは――

「残念。大外れです。小さい方は一個銅貨五枚。八〇〇本入りの大きいマッチ箱は、通常価格銅貨五五枚のところを、オープン記念で三日間に限り特別に銅貨四〇枚でのご提供です！」

通販《つうはん》番組を真似《まね》した俺の言葉に、青年が即座《そくざ》に叫ぶ。

「買ったっ!!」

俺は小さいマッチを一〇〇個。

大きいマッチを五〇個持ってきていた。

露店契約《ろてんけいやく》した五日間で半分ぐらい売れればいいな、とか思っていたんだけど——

「あんちゃん！　このデカイ方の『まっち』をくれ！」

「お兄さん！　あたしは小さい方を貰《もら》うよ!!」

「ならおれはどっちもだ！　どっちもくれ！」

俺が日本から持ってきたマッチは、異世界で大人気どころか超人気《ちょうにんき》だった。

一二個入りで二五〇円のマッチ（小）と、一個二五〇円のマッチ（大）が、一〇倍以上どころじゃない値段で飛ぶように売れていく。

一応マッチが湿気《しつけ》や水に弱いことも伝えたんだけど……欲しがるお客は途切《とぎ》れない。対して、マッチは大小合わせても一五〇個しかない。

当然、即《そく》完売となったし、買えなかったお客もたくさんいた。

「すみません。今日の分はもう売り切れてしまいました」

「そんな……もうないのかい？」

町人のおばちゃんが呆然《ぼうぜん》と言う。

なんかとっても切ない顔をしているぞ。

俺はそんなおばちゃんににっこりと笑いかける。

「ご安心ください。明日もここでマッチを販売《はんばい》します。今日買えなかった方には明日の分の整理券をお渡ししますので、ここに一列で並んでもらえますか？」

「整理券？　聞いたことがないねぇ」

おばちゃんが首を傾《かし》げる。

おっと。異世界《こっち》じゃ整理券はメジャーじゃなかったか。

「優先的にお売りすることを約束した証文のことです。いまからお渡しする整理券を持ってきてくれれば、明日はその方から優先してお売りします」

集まっている人たちが、「ほおー」と感心する。

「また、事前に必要な個数を教えてくれれば、きっちりご用意しておきますよ。さあ、ここに並んでくださーい」

びしっと手をあげると、みんな素直《すなお》に並んでくれた。

俺は一人ひとり個数を聞き、メモ帳に書いてはちぎって渡す。

いま渡してるメモ帳が、明日の整理券の代わりとなるのだ。

並んでいる人は、一〇〇人を超《こ》えている。なかにはさっき買った人も交じっていた。

俺はメモ帳をちぎっては渡し、ちぎっては渡し、なんとか並んでいた全員に渡し終える。

「ふぅ……まだお昼前だよな？　五日どころかたったの一時間で完売しちゃったよ」

持ってきていた缶《かん》コーヒーを開け、ひと息つく。

メモ帳を見ると、『正』の字がたくさん書かれている。

明日は、少なくともこの数だけマッチを用意しなくてはいけない。

「うへぇ……俺一人で捌《さば》けるかな？」

今日だけでも一〇〇人以上の客がいた。

この分だと明日はもっと来るだろう。

「ま、やるしかないか。がんばって稼《かせ》ぐぞー！」

大きく伸《の》びをしてから、片づけをはじめる。

レジャーシートを畳《たた》んでいると、

「シロウお兄ちゃん、今日のお仕事はおわり？」

たたた、と駆け寄ってきたアイナちゃんが話しかけてきた。

「うん。持ってきたマッチが全部売れたからね。今日はもう店じまいさ」

「そうなんだー。いっぱい売れてよかったね、シロウお兄ちゃん」

アイナちゃんが嬉しそうに笑う。

「ホントよかったよ。アイナちゃんの方はどう？」

俺がそう訊《き》くと、アイナちゃんは花が入ったカゴをさっと背中に隠《かく》し、

「んとね……あんまり売れてない……かな？」

と恥《は》ずかしそうに言った。

「そっか……」

「お花、きれーなのになんで売れないんだろう？」

そう呟《つぶや》いたアイナちゃんの目に、じわっと涙が浮《う》かぶ。

「アイナちゃん……」

「あ……な、なんでもないっ」

アイナちゃんは首を振り、ゴシゴシと服の袖《そで》で涙を拭う。

「シロウお兄ちゃん、アイナまたお花売ってくるね」

「ちょっと待ったー!!」

駆け出《だ》そうとしたアイナちゃんの、その手を掴《つか》む。

「……シロウお兄ちゃん？」

「アイナちゃん、ちょっと俺の話を聞いてくれないかな？」

「おはなし？」

「うん」

「なぁに？」

見あげてくるアイナちゃんに、俺《おれ》は、

「アイナちゃん、よかったら明日お店を手伝ってくれないかな？」

バイトのオファーを出した。

突然《とつぜん》のオファーに、アイナちゃんは目をぱちくり。

数秒きょとんとしてから――

「え？　え？　え……えぇぇぇぇぇーーーーーーっ!?」

と、もの凄く驚《おどろ》いていた。

「シロウお兄ちゃん……いいの？　アイナをシロウお兄ちゃんのお店ではたらかせてくれるの？」

「うん。明日はすっごく忙《いそが》しくなりそうでね。俺一人じゃぜんぜん手が足りないんだ。だからアイナちゃんが手伝ってくれればすっごく助かるんだよね。あ、もちろんお給金は弾《はず》ませてもら――」

「やる！　やります！　アイナをシロウお兄ちゃんのお店ではたらかせてくださいっ」

アイナちゃんが食い気味に言ってきた。

鼻息をふんすふんすと荒《あら》くして、真剣な眼差《まなざ》しを俺に向けてくる。

「ありがとうアイナちゃん。人手が足りないから本当に助かるよ」

「ううん。ありがとうはアイナのほうだよ。アイナのほうが……ありがとうなんだよぉ」

アイナちゃんの目に、再び涙が溜《た》まりはじめる。

でも、今度は拭おうとしなかった。

「アイナね、がんばってお花売ってるんだけどね、しょーばい《商売》がへたっちょだからね、ぜんぜん売れなくてね……すっごくすっごくこまってたの」

足元に雫《しずく》が落ちていく。

「だからシロウお兄ちゃん、ありがとう！　ほんとうに……ほんとうにありがとう！」

アイナちゃんは、涙を流しながら感謝の言葉を言い続けていた。

バイト代は思いっきり弾もう。

俺はそう心に誓《ちか》うのだった。

第五話　本日の利益は？

押入《おしい》れをくぐって自宅に戻った俺は、さっそく等価《とうか》交換《こうかん》スキルを使用することに。

現在の所持金は、銀貨六枚に銅貨二〇五一枚。

「明日のお釣《つ》り分は……うん。ほとんどのお客が銅貨で払《はら》ってたし、三〇〇枚もあればいいか」

まず、銅貨三〇〇枚を明日のお釣り用として除《よ》けておく。

「次に等価交換スキルを……えい！」

銀貨と銅貨が消え、代わりにしおれた一万円札が二三枚と千円札が五枚。あと一〇〇円玉が一枚現れた。

串焼《くしや》きが八〇〇円。

アイナちゃんのお花が三三〇〇円。

出店登録料が五日分で五〇〇〇円。

もともと持っていた所持金が二万四二〇〇円。

マッチ購入《こうにゅう》資金が一万六二五〇円。

以上のものを差し引いてから、お釣りの用の銅貨三〇〇枚（三万円）を足せば、二一万五五五〇円の利益だ。

「…………マジか」

一日の――いや、一時間の稼ぎとしては、破格な額だと思う。

というか、こないだまで働いていたブラック企業《きぎょう》の月給よりずっと多い額だぞ。

それが――たったの一時間で……。

「一日二〇万稼げるなら、二日に一回、一時間働くだけで月収三〇〇万。年収だと三六〇〇万超《ご》えかぁ。……俺、もう再就職しなくていいんじゃないかな？」

理想の半ニートな生活に胸がときめいてしまうぞ。

「一日中ゲームやったりマンガ読んだりできる夢の生活が手に入るかもしれないのかぁ……」

おっといけない。夢の世界よりいまは明日の準備をしないとだ。

俺はバスに乗り、隣町《となりまち》のホームセンターへと向かうのだった。

「マッチマッチ、マッチはっと……お、ここか」

ホームセンターでマッチコーナーを見つけた俺は、ありったけカートへと放《ほう》り込んでいく。

「へぇえ。サバイバルマッチなんて物もあるのか」

マッチコーナーの一角にあった、サバイバルマッチなる物。

説明文を読むと、耐水《たいすい》、耐風《たいふう》に優《すぐ》れているとのこと。

「冒険者に売れそうだな。これも買っておくか」

マッチの代金は、全部で一二万七五五〇円だった。

これを今朝マッチを売って得た利益から支払《しはら》う。

マッチを一三万円分も買うとは思ってもみなかったけど、これが明日には何倍にもなって返ってくると思えば惜《お》しくはない。

「ありがとうございましたー」

会計を済ませた俺は、そこで大きな問題に直面した。

「……すごい量になっちゃったな」

在庫分も買ったら、大変な量になってしまった。

さて、どうやって家まで持って帰ろう。

タクシーでも捕《つか》まえるか、そう思ったときだった。

「まてよ……」

脳裏《のうり》にキュピーンと稲妻《いなずま》が走る。

「等価交換スキルが使えたってことは、【空間収納《くうかんしゅうのう》】のスキルも使えるってことだよな？」

カートを転がし屋上　駐車場《ちゅうしゃじょう》へ。

右を見て、左を見て、誰もいないことを確認《かくにん》した俺は、

「ふん！」

カートの中身よ収納されろ！　と念じる。

そしたら、いきなり目の前の空間に裂《さ》け目《め》が現れたじゃないですか。

「よっしゃきたー！」

きっとこの裂け目に収納しろってことだろう。

俺は大量のマッチを空間の裂け目に入れていく。

全《すべ》て入れ終えると、裂け目はふっと消えた。

「おー、しまえたぞ。次は取り出してみるか」

マッチを取り出したいと念じる。

すると、頭の中に収納リストが浮かび上《あ》がった。

【収納リスト】
・マッチ小　600個
・マッチ大　200個
・サバイバルマッチ　100個

あたり前だけど、リストはマッチだらけ。

俺はサバイバルマッチを一個取り出したいとイメージする。

直後、空間に裂け目が生まれた。

手を突っ込むと、そこには固い感触《かんしょく》——サバイバルマッチがあった。

「……すげー。空間収納すげー」

一度コツを掴めば、あとは簡単だった。

自由自在にマッチの出し入れができるようになったのだ。

「荷物の心配はもうしなくていいってことか。これ異世界《向こう》で商売やるには最強のスキルなんじゃないか？」

等価交換と空間収納。

このふたつがあれば大金を稼げるに違いない。

「よし。まずは五日間マッチを売る。それが終わったら真剣に商売のことを考えてみるか。目指せ大富豪《だいふごう》だ」

家に帰った俺は、明日に備え早めにベッドへと入るのだった。

◇◆◇◆◇

異世界の朝は早い。

なぜなら、俺が朝の七時に市場へ行くと、

「おはようシロウお兄ちゃん」

もうアイナちゃんが待っていたからだ。

「おはようアイナちゃん。もう市場にいるなんて驚いたよ。ひょっとして待たせちゃった？」

「う、ううん。そんなことないよ。アイナもいまきたばかり」

「……本当は？」

「………ちょっとだけ待ってた……かな？」

小首を傾げたアイナちゃんは、そう言って「えへへ」と笑う。

「シロウお兄ちゃん、それよりね――」

アイナちゃんは視線を俺の露店《ろてん》スペースの前へ向け、続ける。

「もうお客さん待ってるよ」

そうなのだ。

開店前からお客が長蛇《ちょうだ》の列を作っていたのだ。

手に昨日配った整理券を持つ人もいれば、持ってない人もいる。

なんか、町の住人全てが集まってきていると言われても信じちゃいそうな人数だ。

「……こ、こんなにいるの？」

「がんばろうね、シロウお兄ちゃん！」

オープン前から呆然とする俺に、ふんすふんすと気合を入れるアイナちゃん。

ゆっくり準備したかったけど、この行列を見てはそうも言ってられない。

「しゃーない。アイナちゃん、店を開く準備をするよ」

「うんっ」

リュックを開け、レジャーシートを取り出す。

空間収納してでもよかったんだけど、スキルを使うところは見られない方がいいと考えた結果だ。

この世界のスキルの立ち位置とかぜんぜん知らないから、念には念をってね。

レジャーシートを広げ、リュックからマッチを取り出していく。

マッチを取り出していると、行列を作る人たちから「おお……」とか、「あれが噂《うわさ》の……」みたいな声が漏《も》れ聞こえてきた。

「アイナちゃん、俺が『小』って言ったらこっちの小さいマッチで、『大』って言ったらこっちの大きいマッチね？」

俺の説明を聞き、アイナちゃんがこくこくと頷く。

とても真剣な顔だ。

「それで俺が『小何個、大何個』みたいに言うから、そしたらアイナちゃんは俺が言った数をこの紙袋《かみぶくろ》に入れてお客さんに渡してもらえるかな？」

俺はリュックから紙袋を取り出し、アイナちゃんに渡す。

これもホームセンターで買ってきた物だ。

「うん、アイナにまかせて」

「よし。わからないことがあったら何でも訊いてね。じゃあお店を開くよ」

「はーい」

「お待たせしました。いまから本日の営業をはじめさせていただきます。じゃー、整理券をお持ちの方からどーぞ」

こうして、出店二日目がはじまった。


「アイナちゃん、小が三個に大が二個だ」

「うん…………はい、おまたせしました！」

「次は小が一個に大が一個！」

「んっ…………はい！」

「小を五個お願い！」

「……はいっ。どーぞ！」

俺が会計で、アイナちゃんが商品の受《う》け渡し担当。

お客の数は昨日よりずいぶんと多い。

だけど、アイナちゃんが手伝ってくれてるおかげで昨日よりずっと楽だった。

そして三時間が経《た》つ頃《ころ》には、本日もマッチは完売するのでした。


「すみません。今日の分はもう完売してしまいました」

「「ええぇ～～～～～～～」」

市場に露店を出して二日目の今日も、見事完売御礼《おんれい》と相成った。

ぶっ続けで接客していたから、俺もアイナちゃんもヘトヘトだ。

でも、

「シロウお兄ちゃん、ぜんぶ売れてよかったね！」

やっぱりアイナちゃんはニコニコ笑っていた。

「アイナちゃんが手伝ってくれたおかげだよ。さーて、今日の売上を数えておくか」

俺はありえないぐらい積み上がった銅貨と銀貨を数えていく。

「ひのふのみのよ～――――……」

マッチ小（定価銅貨五枚）が六〇〇個売れて、銅貨三〇〇〇枚。

マッチ大（定価銅貨四〇枚）が二〇〇個売れて、銀貨一七枚と銅貨六三〇〇枚。

一個銅貨五〇枚の値をつけたサバイバルマッチが一〇〇個売れて、銀貨三四枚と銅貨一六〇〇枚。

トータルで銀貨五一枚と銅貨一万九〇〇枚の売上だった。

日本円で一六〇万円。

マッチの購入資金が一二万七五五〇円だから、その分を引いた純利益は一四七万二四五〇円。

「……なんてこった」

昨日は一時間で二〇万円稼いだと思ったら、今日は三時間で一五〇万円近くも稼いでしまったぞ。

「時給換算《かんさん》したら四九万円か……。いったいどこの富豪《ふごう》だよ」

大金を前に呆然と呟く。

おっといけない。

手伝ってくれたアイナちゃんにバイト代を払わなくては。

俺は封筒《ふうとう》を取り出し、銀貨を一〇枚ばかり入れ、

「はいアイナちゃん、今日の分のお給金です」

アイナちゃんへと手渡した。

「あ、ありがとうございますっ」

「そのおカネでお母さんと美味《おい》しいものでも食べてね。今日は本当にありがとう」

「ううん。アイナこそありがとう！　アイナをはたらかせてくれて…….ほんとうにほんとうにありがとう！」

「助かったのは俺なのに、そんなたくさん『ありがとう』って言われると照れちゃうよ。だからもう『ありがとう』は禁止ね」

「ぶー。アイナもっといいたいのにぃ」

俺は照れてるのを隠すためアイナちゃんに背を向け、銀貨と銅貨をリュックへとしまう。背負うとかなり重い。空間収納を使ってもよかったんだけど、スキルは無暗《むやみ》に人前で使わない方がいいと思ったから使わないでおいた。

「あんなにいっぱいあった『まっち』をぜんぶ売るなんて……シロウお兄ちゃんはすごいなぁ」

アイナちゃんは何度も「すごいすごい」と言っていた。

目の前でマッチがどんどん減っていくのを嬉《うれ》しそうに見ていたアイナちゃん。

商品が飛ぶように売れる経験は、かなり新鮮《しんせん》だったようだ。

「あはは、凄《すご》いのはマッチで俺じゃないよ」

「ううん。そんなことないよ。シロウお兄ちゃんがすごいの！」

両手をぎゅっと握《にぎ》り断言するアイナちゃん。

でも手に力を入れすぎちゃったからか、

――ぐぅぅ。


とアイナちゃんのお腹《なか》が鳴ってしまった。

ぼっと赤面するアイナちゃん。

慌《あわ》ててお腹を押《お》さえ、恥ずかしさからか俯《うつむ》いてしまう。

「あのっ、こ、これはね、その――」

「朝からぶっ続けだったからお腹も空《す》くよね。アイナちゃん、よかったらこれ食べる？」

俺はリュックからサンドイッチとおにぎりを取り出す。

どちらも朝コンビニで買ったものだ。

「これ……パン？」

アイナちゃんがサンドイッチを指さして訊いてくる。

「そうだよ。ハムや卵をパンで挟《はさ》んだものだ」

「アイナ、まっしろなパンはじめて見た」

「そうなんだ。食べてごらん」

「……いいの？」

「いいさ。俺も食べるし」

「……ありがとう」

「あ、また『ありがとう』って言ったな」

「いまのはちがう『ありがとう』だからいいんだもん」

アイナちゃんはそう言って笑うと、小さな手でサンドイッチを持ち、ぱくり。

瞬間《しゅんかん》、アイナちゃんの目がキラキラと輝《かがや》いた。

「おいひいっ！　しろーほにいひゃん、これおいひい!!」

と、サンドイッチをあむあむしながらアイナちゃん。

こんなに喜んでくれるなんて、嬉しいよね。

喜ぶアイナちゃんを見ながら、俺もおにぎりを食べていると、

「すまない。少し良いだろうか？」

美人なお姉さんが話しかけてきた。

歳《とし》は二五歳の俺と同じか、ちょっと上ぐらいかな？

クール系な美人さんで、スタイルもかなりいい。

「俺ですか？」

「そうだ。この市場で『まっち』とやらを売っているのは君のことだな？」

「確かに俺ですけど……ごめんなさい。今日の分のマッチは売り切れてしまいました」

「いや、まっちとやらを買いにきたのではない。わたしは君に会いにきたのだ」

「俺に？」

「そうだ。ああ、まだ名乗っていなかったな」

お姉さんはクールに笑い、続ける。

「わたしの名はカレン・サンカレカ。この町で町長をやっている者だ」

クールビューティーは、まさかの町長だった。


突然現れた美人町長。

「町長が俺になんの用でしょう？」

「君に会いにきた理由はいくつかあるが……まず、君のような優秀《ゆうしゅう》な商人がわたしの町で商売をしてくれたことに礼を言わせておくれ。ありがとう。この町の町長として感謝しているよ」

「いえいえ、こちらこそ商売させていただきありがとうございます」

日本だったら商売するのに申請《しんせい》手続きとか、もの凄く大変だもんね。

それがフリマ感覚で商売できる上、めちゃくちゃ利益が出てるんだから、本当にありがたいことだ。

「ほう……。驚いたな。この町にくる商人は居丈高《いたけだか》な者ばかりなのだが、君は違《ちが》うようだ」

「へええ、そうなんですか」

「ああ。ニノリッチの《この町》町は辺境にあるからな。商人たちは誰《だれ》もかも『荷を運んできてやった』という態度の者ばかり。町に必要な品は高く売りつけられ、こちらの生産物は安く買《か》い叩《たた》かれる。そのせいで町の財政は一向に潤《うるお》わない。そういった状況《じょうきょう》を打破したくて、わたしはこの『市場』を作ったのさ」

美人町長はそう語ると、誇《ほこ》らしげに市場を眺《なが》める。

「さて、では本題だ。まずはこれを受け取ってほしい」

町長がそう言って渡《わた》してきたのは、なにかの『鍵《かぎ》』だった。

「鍵？　なんですこれ？」

まさか「わたしの部屋の鍵だ」とか言わないよな。

恋愛《れんあい》ドラマにありがちな「実は部屋を取ってあるんだ」、みたいな。

「わたしの家の鍵だ」

「ふぁっ⁉」

まさかの正解に変な声が出ちゃったぜ。

俺に一目ぼれってやつか？

一目見たときから決めてました的な。

「おや？　なにか勘違《かんちが》いしているようだな。それはもう使っていない家の鍵だぞ」

突如《とつじょ》、アイナちゃんが叫《さけ》ぶ。

「わかった！　町長さんはシロウお兄ちゃんといっしょにくらしたいんだ！」

「なんだってー⁉」

「ケッコンだよ！　シロウお兄ちゃんとケッコンしたいんだよ！」

アイナちゃんに乗っかって過剰《かじょう》にリアクションをしていると、町長は顔を真っ赤にして、

「ち、違うぞっ！　決して独り身だから将来性のある旦那《だんな》を見つけたいとか……そ、そんなこと絶対に思ってないぞ！　町長の名に誓って絶対‼」

全力で否定してきた。

こんなにも美人なのに、町長ってば未婚《みこん》だったのか。まー、俺もずっと彼女《かのじょ》がいないから人のこと言えないけどさ。

「オッホン！　……話を戻《もど》そう。今日はだな、君にある頼み《ヽヽ》をしにきたのだ」

「け、結婚《けっこん》のですかっ⁉」

「違う‼」

軽くふざけてみたら、やっぱり町長は顔を真っ赤にしてぶんぶんと首を横に振《ふ》った。

見た目はクールな美人さんなのに、ひょっとしたら恥ずかしがり屋《や》なのかも。

「いいかね、その鍵が付いている家はこの市場の奥《おく》にある……ほら、ここからでも見えるだろう？　あそこだ」

町長は細い指先で市場のずーっと奥の、通りからは少し外れにある一軒《けん》の家を示す。

二階建ての家でそこそこ大きい。都内だったら土地付きで一億円はしそうだ。

「あの家は一階が店舗《てんぽ》にもなっていてね。君には明日からあの家の一階で商売をしてもらいたいのだ」

「俺が店を？」

「そうだ。実はこの市場にいる他《ほか》の商人から苦情がきていてな。『あんなに大勢に並ばれては売れるものも売れない』と。大半がやっかみだろうが、町長としては無視するわけにもいかない」

なるほど。目の前で行列を作られたら、そりゃ他の露店にとっては迷惑《めいわく》以外の何物でもないか。

日本でも人気店の行列が、隣《となり》の店や近隣《きんりん》住民への迷惑になっている、なーんて話をよく聞くもんね。

「話はわかりました。確かにあそこなら市場のある通りからちょっと離《はな》れていますし、ほかの方の迷惑にはなりにくそうですね」

「理解が早くて助かる。無論これはわたしから頼んだことだ。出店費用はいまのままで構わない。必要なら契約《けいやく》期間中は二階にある部屋に住んでもいい。この条件でわたしの頼みを受けてはくれないだろうか？」

契約した出店期間は残り三日。

三日間だけとはいえ、本来なら一〇日単位でしか契約できない店舗型での商売を経験できるのは貴重だな。

まさかマッチ売りの青年から、たった二日で店を持つまでに急成長するなんて思ってもなかったぜ。

死んだばーちゃんも天国でダブルピースしながら喜んでいることだろう。

「無理を言っているのはこちらだ。望むなら出店登録費用の返金にも応じよう。わたしが町長の権限でしてやれるのはここまでなのだが……どうだろうか？」

町長が訊いてくる。

「シロウお兄ちゃん、お店やるの？」

アイナちゃんはワクワクしながら俺の答えを待っている。

俺は腕《うで》を組み、少しだけ考えたあと、

「わかりました。そこまで気を使ってくれたら断れませんよ。ぜひ店を持たせてください」

と答えるのだった。

「すまない。感謝する」

「こちらこそですよ町長。では三日間、町長のお宅をお借りしますね」

「好きに使ってくれ。多少壊《こわ》してくれても文句は言わんよ」

「やだなー。大切に使わせてもらいますって」

俺と町長は笑い合い、握手《あくしゅ》を交《か》わす。

異世界でマッチを売って、まだ二日。

幸運にも恵《めぐ》まれた俺の商売は、店を持つまでに成長していた。

ちなみに、帰《かえ》り際《ぎわ》バイト代の銀貨一〇枚を見たアイナちゃんは、悲鳴のような声を上げ立ったまま気絶していた。

第六話　開店準備

早朝。俺は自宅の襖《ふすま》を潜《くぐ》って異世界にログイン。

まだ人通りが少ない市場を通り、昨日町長から貸してもらった店（家）へ。

「おはよー、シロウお兄ちゃん」

やっぱりアイナちゃんは早起きだった。

今日はがんばって六時に来たのにもういるとは……やるな。

昨日アイナちゃんにバイト代として支払った銀貨一〇枚は、話し合いの結果、今月分の『給料』ということになった。

アイナちゃん曰《いわ》く、日給としては額が大きすぎるし、そもそも町の大人たちだって月に銀貨一〇枚も稼《かせ》いでいないからこんなに貰《もら》えない、とのこと。

いいよいいよと言う俺に、ダメだよダメだよとアイナちゃん。

そこで妥協案《だきょうあん》として、銀貨一〇枚でひと月働いてもらうことに落ち着いたわけだ。

アイナちゃんがひと月働いてくれるからには、俺も店を最低でもひと月やらないといけない。

俺は昨日のうちに役場へ申請し、店舗《てんぽ》契約《けいやく》をひと月分結んできた。

三〇日で銀貨九枚。日本円だと九万円。ブラック企業で貰っていた給料の、実に半月分だ。

額が大きくなると、やる気も起きるというもの。

一人で店舗を持つのはちょっとだけ不安だったけど、アイナちゃんが手伝ってくれるならきっと大丈夫《だいじょうぶ》に違いない。

というわけで、今日からがんばるぞい。

「おはようアイナちゃん。今日は商売しないで店《ここ》の掃除《そうじ》をしようと思うんだけど、手伝ってくれるかな？」

「うん。アイナもそのつもりできたよ。ほらっ」

アイナちゃんが手に持っていたバケツ《木桶》と雑巾《ぞうきん》を見せてくる。

準備万端《ばんたん》ってわけか。小さいのにしっかりしてる子だ。きっとご両親の教育が素晴《すば》らしかったんだろう。

「やるなアイナちゃん。すげー心強いよ。じゃー、開けるよ？」

「うん」

町長から渡された鍵を使い、店の中に入る。

つんとホコリっぽい空気が鼻を刺激《しげき》した。

「へえぇ。店の内装はきれいだな」

店内は奥にカウンターがあり、左右の壁《かべ》には棚《たな》が置かれていた。

掃除さえ済まして商品を並べれば、すぐにでも営業ができそうだった。

「まずは窓を開けて……っと。よーし。掃除するぞー」

「おー」

俺《おれ》が手を突《つ》き上げると、アイナちゃんも同じポーズをする。

そして俺たちは掃除をはじめた。

ホウキでホコリを集め、水を絞《しぼ》った雑巾で床《ゆか》も棚も拭《ふ》いていく。

一階の掃除が終わったところで、次は二階へ。

二階は四部屋あり、これもアイナちゃんと二人で掃除をする。

家具がまったくなかったから、時間があるときに揃《そろ》えてみようかな。

アイナちゃんと一緒《いっしょ》にがんばった結果、昼になる頃にはお店も二階の部屋もピカピカになっていた。

「ふぅ……。掃除に本気を出したのは、年末の大掃除以来だな」

「お店、きれいになったねぇ」

アイナちゃんがにっこりと笑う。

そんなタイミングで、

「失礼するよ」

町長のカレンさんがやってきた。

「ほう……見違《みちが》えるようだな」

クールビューティーな町長が店内を見回して言う。

「こんにちは町長」

「わたしのことはカレンでいい」

「なら俺のことも士郎《しろう》でいいですよ」

「アイナもアイナでいいよ」

「そうか。ではシロウ、アイナ、改めてよろしく頼む」

カレンさんが握手を求めてきた。

俺とアイナちゃんは順番に手を握る。

「それでカレンさん、今日はどうしたんですか？」

「ああ、今日は君たちに差し入れを持ってきたんだ。昨日は無理を言ってしまったからな。その詫《わ》びのようなものだよ」

そう言うとカレンさんは、手に提《さ》げたバスケットから、サンドイッチらしき料理を取り出した。

茶色いパンに野菜がサンドされている。

「君たちの口に合うといいんだが。よかったら食べてくれ」

「ありがとうございます。ちょうどお腹が空いてたんですよね。食べよう、アイナちゃん」

「うん」

カレンさんからサンドイッチを受け取り、口に運ぶ。

「食べながらでいいので聞いて欲《ほ》しい。一つ、シロウに教えてもらいたいことがあってな」

「お、なんです？　なんでも訊《き》いてください」

「シロウお兄ちゃん、きっと町長はシロウお兄ちゃんに『恋人《こいびと》』がいるかしりたいんだよ」

俺の耳元で、アイナちゃんがぼしょぼしょと。

しかし惜しいことに、音漏《おとも》れが激しくカレンさんの耳にも届いているっぽい。だってほら、顔が赤くなってるからね。

カレンさんを見てイタズラ心をくすぐられた俺は、アイナちゃんの言葉に便乗することに。

「そ、そういうことか！　カレンさん……俺、彼女はいません！　ドフリーです！」

「そんなことを訊きにきたのではないっ!!」

俺とアイナちゃんのボケを全力で否定するカレンさん。

いちいち顔を赤くしちゃうところが可愛《かわい》いよね。

「まったく、町長であるわたしをからかってくるのは君たちぐらいなものだぞ」

「だってさアイナちゃん。もうカレンさんをからかっちゃダメだよ？」

「ん、シロウお兄ちゃんもね」

「…………君たちからは反省を感じないな」

カレンさんがジト目を向けてくる。

「冗談《じょうだん》ですよ。冗談。それより訊きたいことってなんですか？」

「なに、大したことではない。優秀な商人である君が、なぜ辺境にある人口五〇〇人程度の小さな町にひと月も店を出すのか気になってね。その理由を教えて欲しいのさ」

とカレンさん。

ひと月店を出すことを申請したのは昨日なのに、もう知ってるなんてさすが町長だ。

それとも移転してくれと言った手前、俺を気遣《きづか》ってくれているのかな？

どちらにせよ、真面目《まじめ》に答えないとだ。

「まず、先に断っておきますけど、俺はカレンさんの言うような『優秀な商人』なんかじゃないですよ。むしろ商人になったばかりの駆《か》け出《だ》しです」

「冗談はよせ。買った者から見せてもらったが、あの『まっち』とやらは駆け出しが扱《あつか》えるような『商品』ではなかったぞ」

「たまたま運がよかっただけですって」

「謙遜《けんそん》を。まあ、君が言うのならそういうことでもいいさ。だが、なぜひと月もこの町に留《とど》まるのかが理解できない。町長であるわたしが言うのも情けない話だが、『まっち』を他の町や都市で売れば、もっと儲《もう》けることもできたのではないか？」

不思議だとばかりにカレンさん。

俺は腕を組み、「ふむ」と考え込む。

ばーちゃんの家から直《ちょく》でこの世界にきた俺は、ぶっちゃけ他の町を知らない。ぜんぜん知らない。

だからといって、「実は異世界の日本って国からやってきました」と打ち明けるわけにもいかないんだよな。

さーて、なんて返事しよう？

「そうですね……」

悩《なや》んだ末、自分の気持ちを――町への想《おも》いを正直に話すことにした。

「理由はいくつかありますけど……うん。単純にこの町が気に入ったからですね。まだニノリッチにきて四日目ですけど、俺はこの町のことが好きになったんだと思います」

俺の回答に、カレンさんは目をぱちくり。

「……それは、本気で言っているのか？」

「ええ、本気ですよ」

「目立った産業はなく、一向に税収もあがらない。行商人からは足元を見られ、職人もほとんどが居つくことなく他所《よそ》へと行ってしまう。唯一《ゆいいつ》ある冒険者《ぼうけんしゃ》ギルドだって、いつ潰《つぶ》れてもおかしくない有様だ。そんな辺境にある町を、商人である君が気に入ったと？」

「はい。とっても気に入りましたよ。だって、」

俺は視線を隣にいるアイナちゃんに移す。

「一生懸命《いっしょうけんめい》働いてくれるアイナちゃんに、」

視線をカレンさんに戻し、続ける。

「他所からきた俺にも気を使ってくれる優《やさ》しい町長もいるんです。こんなの町ごと大好きになっちゃいますよ。ああ、もちろん儲けさせてくれたから、ってのもありますけどね」

冗談めかしてそう言ったところ、

「シロウ、君は……」

カレンさんの瞳《ひとみ》がじわりと潤《うる》む。

あれ？　ちょっと感動してる？

「あ、いや、なんでもないっ」

涙《なみだ》が出そうになって焦《あせ》ったんだろうな。

カレンさんはさっと顔を逸《そ》らし、さりげなく目元を拭う。

そして背を向けたまま、

「……シロウ、この町を好きと言ってくれてありがとう。町長として、これほど嬉しい言葉はない」

「いえいえ。俺のほうこそ他所者なのに商売させてくれてありがとうございます」

「フッ。では失礼する。君の商売が上手《うま》くいくことを祈《いの》っているよ」

カレンさんはそう言い残すと、店から出て行った。

その背中を見送ったあと、アイナちゃんがとことこと俺の傍《そば》へとやってきた。

「シロウお兄ちゃん、お店がんばろうね！」

カレンさんの話を聞いて、なにか思うことがあったのかもしれない。
アイナちゃんは両手をぎゅっと握り、気合を入れている。
「そうだね。一緒にがんばろう」
「うん！」
アイナちゃんの頭をなでなで。
一ヵ月《げつ》だけとはいえ、今日からここで商売をするんだ。
ばーちゃんもよく言ってたっけ。
『何事もやるときは真剣《しんけん》におやり。それが将来の自分のためになるんじゃよ』
って。
うん。いまならあのときの言葉の意味がよくわかるぜ。
よーし。やるからには全力でがんばるぞ。

◇◆◇◆◇

店を開くにあたって、俺とアイナちゃんは商売用に服を新調することに。

俺は真っ赤なジャケットにネクタイ。

アイナちゃんのは町の服屋で購入《こうにゅう》した、腰布《こしぬの》と色を合わせたフリフリのスカートが可愛らしい服だ。

服を新調したことで、不思議と気持ちも引《ひ》き締《し》まった。

心身共に充実《じゅうじつ》したなか、俺とアイナちゃんは店をオープンする。

そして、商売をはじめて五日がたっていた。


ただいまプレオープン中のお店は、今日も大賑《おおにぎ》わい。

町に住む人全員にマッチが行《い》き渡るどころか、五周はしていてもおかしくないぐらい売っているのに、未《いま》だ完売の毎日ときた。

それはなぜか?

馴染《なじ》みのお客から聞いた話によると、どうやらマッチを買った誰かが別の町での転売に大成功し、結構な利益が出たそうなのだ。

その話が町中に広まると、住民がマッチを求める亡者《もうじゃ》となり店に押し寄《よ》せてくるようになった。

おかげで俺もアイナちゃんも大忙《おおいそが》し。

「ごめんなさい！　今日の分のマッチは売り切れました！」

「「「えぇぇぇぇぇ～～～～～!!」」」

そんなわけで午前中にはマッチが完売し、昼には営業を終了《しゅうりょう》する。

午前中しか営業していないのに、閉店するころには俺もアイナちゃんもヘトヘトだった。

「シロウお兄ちゃん、お店のおそうじおわったよ」

「ありがとうアイナちゃん。いまお茶を淹《い》れるから、先に二階で休んでて」

「ん、アイナもお手伝いするよ？」

「いいっていいって。掃除が終わった時点でアイナちゃんのお仕事は終わりなんだからさ」

「……うん」

「そゆことだから、アイナちゃんは二階で待っててね」

「ありがとう、シロウお兄ちゃん」

アイナちゃんは頷《うなず》き、階段をとととと上がっていく。

俺は二階にある部屋の一つを休憩室《きゅうけいしつ》として使っていた。といっても、ばーちゃんの家から持ってきたソファとローテーブルが置いてあるだけだけどね。

キッチンに置いてあるカセットコンロ（これもばーちゃんの家から持ってきた）でお湯

を沸《わ》かし、ノンカフェインの紅茶を淹れる。

紅茶の入ったポットが一つに、カップが二つ。それとお菓子《かし》をお盆《ぼん》にのせて、いざ二階へ。

「お待たせアイナちゃん。紅茶を淹れてきたよー……って、あらら」

ソファを見ると、

「すー……すー……」

仕事で疲《つか》れたんだろう。

アイナちゃんがすやすやと寝息《ねいき》を立てていた。

「寝ちゃったか」

お盆をローテーブルにそっと置く。

毛布を手に取り、寝ているアイナちゃんにかけた。

「まだ……八歳なんだよな」

八歳といったら、日本だと小学二年生とか三年生ぐらいだ。

そんな歳《とし》でもう働いているなんて、異世界はけっこうなハードモードだと思う。

「小学生のころなんか、毎日ばーちゃんか友達と遊んでいたよな」

昔を思い出していると、

「……ん……ぅん……」

不意に、アイナちゃんの目がゆっくりと開いた。

「やべ。ごめんアイナちゃん。起こしちゃ——」

「あ……おとーしゃんだぁ」

嬉しそうに——本当に嬉しそうに微笑《ほほえ》むアイナちゃん。

これはひょっとしなくても寝ぼけているな。

「おーいアイナちゃん、俺だよ。士郎だよー」

試《ため》しに手を振ってみたけれど、アイナちゃんの目はとろんとしたまま。

どうやらまだ夢の中にいるようだ。

「……おとーしゃん、あいなねぇ……ずっとずっと、まってたんだよ」

アイナちゃんが両手を広げる。

「……だっこ。だっこしておとーしゃん」

目の前にいるアイナちゃんは、俺の知ってるアイナちゃんではなかった。

そこには、親に甘《あま》える年相応の女の子がいたのだ。

「い、いいよ」

数秒悩んだあと、俺はアイナちゃんを優しく抱《だ》き上《あ》げる。

「こう？」

「うん。ふわぁぁ……おとーしゃん……やっとだっこしてくれたぁ……」

寝ぼけて俺を『お父さん』と勘違いしたアイナちゃん。

俺の首に手を回し、ぎゅっと力を込める。

「おかーしゃんもねぇ……おとーしゃんのことのことずっとまってたんらよぉ……。おかーしゃんのことも……だっこして、あげ……て……すー……すー……すー……」

「……え？　また寝ちゃった？　マジかこれ」

俺に抱っこされて安心したのか、アイナちゃんは再び夢の世界へと旅立ってしまった。

俺は抱き上げたときと同じように、優しくアイナちゃんをソファへと戻す。

ソファに寝かし、毛布をかける。

天使のような寝顔で眠《ねむ》るアイナちゃんを、俺はじーっと見つめた。

「……『おとーさん』、か」

アイナちゃんに、なにか事情があることは薄々《うすうす》感じてはいた。

いつもニコニコとしているけれど、ふとした瞬間に思いつめたような顔をするときがあったからだ。

「アイナちゃん、俺にできることがあったらなんでも言ってね。そのときは全力で助けるからさ」

そんな俺の言葉が聞こえたのか、ソファで寝る無垢《むく》な天使様は嬉《うれ》しそうな顔をするのだった。

第七話　町長カレンの頼み

アイナちゃんが寝ぼけてしまった次の日。

俺は、アイナちゃんにお休みをあげることにした。

休みを告げると、アイナちゃんは「おやすみなんかいらないよ」って言っていたけれど、疲れが溜《た》まっていることは明らか。

新しい仕事って、慣れるまで時間がかかるものだしね。

しかし、アイナちゃんは働くと言って聞かない。

アイナちゃんは意外と頑固《がんこ》なのだ。ならばと俺は、ここで店主権限《オーナー》を行使。

切り札で以《もっ》て、アイナちゃんに強制的な休みを与《あた》えることに成功したのだった。

ぷくーとほっぺを膨《ふく》らませていたけれど、仕事は体が資本。ブラック企業《きぎょう》で働いていたからこそ、そう思う。

アイナちゃんには、しっかり休んで疲れをとってほしいところだ。

「……ふぅ、めっちゃ忙《いそが》しかったな」

当たり前のことだけど、この日の仕事はかなり忙しかった。

マッチを求めるお客を、たった一人で迎《むか》え撃《う》つ。

ワンオペのしんどさを身を以て体験することができた一日となった。

「忙しいけど、働いた分だけおカネになるって幸せだよね」

今日もマッチは完売。

各種用意したマッチは、銀貨と銅貨に替わっている。

「店舗《てんぽ》販売《はんばい》になって今日で六日目か。お客も転売で儲けているのか、どんどん客単価が上がっているんだよなー。そろそろ個数制限を導入するべきか」

マッチ小（銅貨五枚）が、三〇〇個売れて銅貨一五〇〇枚。

マッチ大（サービス期間が終わり銅貨五五枚）が、一〇〇個売れて銅貨五五〇〇枚。

サバイバルマッチ（銅貨五〇枚）が、一〇〇個売れて銅貨五〇〇〇枚。

総額、銅貨一万二〇〇〇枚（一二〇万円）。

ここからマッチの購入資金である八万一二五〇円を引いた、一一一万八七五〇円が本日の純利益だ。

これを六日間続けているので、店舗を構えてから得た利益はなんと六七一万二五〇〇円となる。

びっくりだよね。一週間足らずで六七〇万円だよ？

これを一年も続けてしまったら、いったいいくら稼げてしまうんだろうか。

「一年だけ真面目に働けば、一生ニートになれるかもしれないな……」

そしたら毎日アニメ見たりゲームしたりして、怠惰《たいだ》な日々を送ろう。

心の中で人としてダメな誓《ちか》いをたてていると、

――トントン。


扉《とびら》をノックする音が聞こえた。

窓から外を見ると、そこにはカレンさんの姿が。

「どうもカレンさん。わざわざ様子を見にきてくれたんですか？　見ての通り、商売は絶好調！　今日も完売御礼《おんれい》ですよ」

得意げに言ってみたけれど、

「いや、様子を見にきたわけではない」

カレンさんは首を横に振る。

「うーん。それは残念。じゃあどんな御用《ごよう》で？」

「今日は君に頼みがあってきたんだ」

「頼み？」

「そうだ」

訊《き》き返す俺に、カレンさんはやや深刻っぽい顔で頷く。

こりゃ大事な話みたいだな。

「ふむ。話は中で聞きます。ささ、どうぞ入ってください。……って、ここはカレンさんの家でしたね」

「なに、いまは君が借りているんだ。家主ではあるが、人を招き入れる権利は君のものだよ」

「なるほど。じゃあ、改めてどうぞ入ってください」

「フフッ、おじゃまするよ」

俺はカレンさんを二階の休憩室へ案内する。

ソファに座《すわ》ってもらい、俺はお茶を出してから対面の椅子《いす》に座る。

「じゃあ聞かせてもらいますか？　俺に頼みたいこととは、どんなことでしょう」

「その前に……この町に冒険者ギルドがあることは知っているか？」

「ええ、もちろんですよ。えーっと……たしか冒険者ギルド『銀月《ぎんげつ》』、でしたよね。合ってます？」

「ほう。ギルドネームまで知っているのか。耳聡《みみざと》いな」

「うちのお客には冒険者の方が多いですからね。それぐらいは」

市場に買い物にくる人も、半分以上が冒険者だった。

冒険者という存在が、町の経済に大きな影響《えいきょう》を与えていることは明らかだ。

「なるほど。では君は『冒険者ギルド』がどういう仕組みで回っているかは知っているか？」

「いちおうは」

俺は冒険者のお客から聞いた話を思い出す。

冒険者ギルドとは、簡単に説明すると日本における派遣《はけん》会社のようなものだ。

そしてギルドに所属している冒険者は、日雇《ひやと》い労働者のような立場にある。

早い話が、冒険者ギルドが受注した仕事を冒険者に割《わ》り振り、報酬《ほうしゅう》の中から何割か手数料として引いて利益を得て運営されている組織なのだ。

町にとって冒険者は貴重な存在。

報酬さえ払《はら》えば家畜《かちく》や人を襲《おそ》うモンスターを倒《たお》してくれるし、薬を調合するのに必要な、薬草やキノコなんかも採取してきてくれる。

なにより産業が乏《とぼ》しいニノリッチにとって、町に一番おカネを落としてくれるのが冒険者たちだ。

冒険者ギルドが町にあるだけで、その町を拠点《きょてん》として活動する冒険者が定住し、また、冒険者が狩《か》ったモンスターの素材目当てに商人が訪《おとず》れる。

人が集まれば必然的におカネも集まる。おカネが集まればもっともっと人が集まる。

経済的な意味においても、町にとって冒険者ギルドの存在は非常に大きいのだ。

そんな感じのことを説明してみたところ、

「それだけ詳《くわ》しいのなら話は早い。これはまだ公《おおやけ》にはなっていないのだがな……」

カレンさんは俺に顔を近づけ、やや声のトーンを落とす。

「ニノリッチ唯一の冒険者ギルド、『銀月』のギルドマスターがな、」

「ぎ、ギルドマスター⁉」

出た！　冒険者ギルドを統《す》べる存在、ギルドマスター！

少年心をくすぐらずにはいられないパワーワードの一つ！

俺は年甲斐《としがい》もなく、胸が「トゥクン」と高鳴るのを感じた。

異世界といえば冒険者。

あいにく俺にはモンスターと戦う力はないけれど、『冒険者ギルド』という存在への憧《あこが》れはある。すっごいある。

「ギルドマスターがどうかしたんですかっ？　なにかあったんですか？　もー、早く教えてくださいよー」

鼻息荒《あら》く急《せ》かす俺に、カレンさんはポツリと。


「……夜逃《よに》げしたそうだ」


ため息と共に吐《は》かれた予想もしない言葉に、俺の思考は一瞬《いっしゅん》停止。

「…………へ？　い、いまなんて言いました？　よ、よに——ええ!?」

「この町唯一の冒険者ギルドで、ギルドマスターを務めていた者が夜逃げした。それもギルドの運営資金を持ってな。そのせいで残された職員は慌《あわ》てふためき、所属していた冒険者たちは町を離《はな》れようとしているそうだ」

カレンさんはどこか諦《あきら》めたような口調。

「ちょっとカレンさん、それ大事件じゃないですか！」

「ああ、そうだとも。町にとっては大事件さ。故《ゆえ》に町長としては早急《さっきゅう》に手を打たねばならない」

「というと？」

「実は以前から、中央《王都》の冒険者ギルドが支部をこの町に置きたがっていてな」

「え、ちょっと待ってください。ニノリッチにある冒険者ギルドと、いま言った支部を置きたがっている冒険者ギルドって、別の組織なんですか？」

俺の質問に、カレンさんは戸惑《とまど》った顔をする。

「ン、君は冒険者ギルドが複数存在することを知らないのか？」

「ふくすう？」

「本当に知らないようだな……」

「不勉強ですみません」

「いいさ。説明しよう。シロウ、いま話したように冒険者ギルドはこの国に複数存在する」

「それって冒険者ギルドの支部のことですか？」

「違《ちが》う」

カレンさんは首を横に振《ふ》る。

支部のことじゃないのか。

「冒険者ギルドについて教えよう。そもそも冒険者ギルドとは――……」

カレンさんが冒険者ギルドについて説明をはじめた。

ギルドの成り立ちからはじまり、その役割、規模や国に対する位置づけなど。

要点をまとめると、だいたいこんな感じだった。


荒くれ者《もの》が多い冒険者をまとめあげた組織、冒険者ギルド。

試験をクリアすれば身分証を兼《か》ねた資格証を与えられ、ギルドでランクに応じた仕事を受けることができる。

この辺は俺が説明していた部分と同じだ。しかし、カレンさんの次のひと言で俺はとても驚《おどろ》くことに。

「そして冒険者ギルドは、いくつも存在するのだ。支部だけではなく、冒険者ギルドそのものがな」

カレンさんの話では、この国だけでも『冒険者ギルド』を運営する組織がいくつかあるらしい。

「ひと口に冒険者ギルドといっても一枚岩ではない。資金も人材も豊富な冒険者ギルドもあれば、この町にある『銀月』のように潰れかかった冒険者ギルドもある」

「あー、はいはい。完全に理解しました。なるほど。そゆことでしたか」

つまりはこうか。

冒険者ギルドは一つの組織を指す言葉ではなく、日本でいう新聞社やテレビ局、あるいはプロレス団体のように運営組織がいくつも存在するわけか。

「君でも知らないことがあるのだな。少し驚いたよ」

「あはは、どちらかというと知らないことの方が多いですけどね」

「そう言えるのは君の美徳だよ。……話を戻《もど》そう。ニノリッチに支部を置く件だが、いままでは『銀月』に配慮《はいりょ》し断り続けていた。支部を置くにはその町の長――つまりわたしの許可が必要だからな。しかし、こんな状況《じょうきょう》だ。わたしはこの申し出を受けようと思っている」

「町に必要な『冒険者』という人的資源を失うかどうかの瀬戸際《せとぎわ》ですからね。正しい判断だと思いますよ」

「ありがとう。君にそう言ってもらえると胸が軽くなる」

自分の胸に手を当てたカレンさん。

やっと少しだけ笑ってくれた。

「シロウ、ここからが本題だ」

「はい」

きりっと真剣な顔に戻るカレンさん。

つられて俺も居住まいを正す。

「申し出を受ければ、近いうちに冒険者ギルドの者が視察にくることになるだろう」

「それはつまり、正式に支部を置くかどうかの判断をしに、ということですか？」

「その通りだ。彼《かれ》らの狙《ねら》いは森に現れたと聞く珍《めずら》しいモンスターなのだろうが、それだけでは不安が残る。そもそも、目的のモンスターがいなければ支部を置く話自体立ち消えてしまうかもしれない」

「あり得る話ですね」

「ああ。そこで君の出番だ」

「俺の？」

「そうだ。シロウ、君が扱っているマッチを視察の者に見せてほしいのだ」

「それは構いませんけど……マッチを見せることになにか意味があるんですか？」

「ある」

カレンさんは即答《そくとう》する。

「わたしは君が扱っている『マッチ』を他《ほか》の町で見たことがない。何度か行ったことがある王都でもだぞ？　思うに、『マッチ』は君にしか扱えない商品ではないのかな？」

「……そこはノーコメントでお願いします」

「誤解しないでくれ、君の素性《すじょう》を明かして欲しいわけではない。ただ、マッチがこの町にしかないアイテムだとしたら、視察に来た者の興味をひけるのではないかと思ったのだよ」

「話はわかりました。つまりニノリッチの町としては、その視察に来た人に『冒険者にとってモンスター以外にも価値のある町』と思ってもらいたいわけですね？　支部を置いてもらう可能性を少しでも高めるために」

「その通りだ。さすが腕利《うでき》きの商人だな。理解が早い」

「あはは、だから違いますって。うん、でもわかりました。視察の方の心にグッとくるアイテムを用意しておけばいいわけですよね？」

「頼《たの》めるだろうか？」

「もちろんですよ」

「……すまない。恩に着る」

「気にしなくていいですよ」

「それでもだ。シロウ、ありがとう。君に無理ばかり言ってしまうわたしをどうか許してほしい。この礼は町長の名にかけていつか必ず報《むく》いることを約束する」

「あはは、そんな深く考えなくていいですよ。人は助け合って生きているんです。俺《おれ》はこの町で――町長であるカレンさんの政策のおかげで儲けることができました。こんどは俺が恩返しする番ですよ」

俺の言葉に、カレンさんは目を丸くする。

「……そうか。君は優しいな。では、そろそろおいとましよう」

そう言い残すと、カレンさんは店から出ていった。

店に一人残った俺は、腕《うで》を組んで考え込む。

要は、視察の人が気に入るような道具を用意しておけばいいわけだろ？

ならマッチ以外にもいろいろと用意しておいたほうがよさそうだな。

さーて、なにを用意しようかなー。

◇◆◇◆◇

町長のカレンさんに、視察に来た人をビックリさせてくれと頼まれた翌日。

休みを経て元気いっぱいになったアイナちゃんと、午前中にマッチを売りさばく。

そして暇《ひま》になった午後に、日本からどんな商品を持ってくるか考えていた。

なんせ俺の商品チョイスにこの町の未来がかかっている、と言っても過言ではない状況だ。そりゃ悩んじゃうよね。

「うーむ」

カレンさんはマッチだけで十分みたいなことを言っていたけれど、俺としては視察に来た人の心にグッとくる物を、もう一つぐらいは用意しておきたい。

しかし、冒険者どころかこの世界の住人ですらない俺には、何を用意すればいいのかいまいち想像がつかなかったのだ。

こうなっては仕方がない。

「よし。決めたぞ」

俺はある決心をした。

「ん？　シロウお兄ちゃんなにをきめたの？」

お昼ご飯（俺が用意した）を食べ終えたアイナちゃんが訊《き》いてくる。

「よくぞ訊いてくれたアイナちゃん。実は昨日カレンさんが店に来てね――――……」

俺はアイナちゃんに昨日の顛末《てんまつ》を話した。

「ふーん。じゃあ、その……ぼーけんしゃギルドのひと？　にマッチをみせるの？」

「そそ。そうなの。視察の人にマッチを見せてくれー、って頼まれたんだ。でも俺としてはさ、マッチの他にも冒険《ぼうけん》の役に立つアイテムを用意しておきたいんだよね」

「あ、わかった。それでどんなアイテムを持ってくるかきめたんだ。そうでしょシロウお兄ちゃん？」

「ブブー。外れでーす。正解は……」

「正解は？」

小首を傾《かし》げて訊いてくるアイナちゃんに、俺は自分の考えを伝える。

アイナちゃんは、

「えええ〜〜〜〜〜〜〜〜〜〜っ!?」

と叫《さけ》んじゃうぐらい、すっごくビックリしていた。

◇◆◇◆◇

「というわけでカレンさん、俺ちょっと冒険者の人に同行してみようと思うんですよね」

ここは役場にある町長の執務室《しつむしつ》。

椅子に座るカレンさんは、机越《ご》しに俺のアイデアを聞き、

「……シロウ、君は本気で言っているのか？」

やや呆《あき》れ気味《ぎみ》に訊き返してきた。

「ええ。本気です。冒険者《ぼうけんしゃ》たちが何を必要としているかを知るには、やっぱり冒険者に同行するのが一番だと思うんですよね」

俺が思いついたことはいたって簡単。

冒険者と行動を共にし、冒険者がなにを必要とし、どんなアイテムが売れそうかを実地で調査しようと考えたのだ。

話を聞くだけじゃ、わからないことって多いからね。

「この町で冒険者が行くところは東の森しかない。そしてあの森は君が考えているよりずっと危険なところだぞ？」

「覚悟《かくご》の上です。ああ、でも危ないことはしませんよ。薬草……でしたっけ？　薬草や鉱物の採取に向かう冒険者たちに同行できればと考えています。なんだったら冒険者を護衛として雇《やと》い、森で何日かキャンプするだけでも構いません」

「ふむ。それなら危険は少なそうだな」

「ですよね。だからカレンさん、」

ここからが本題とばかりに身を乗り出し、

「どなたか冒険者を紹介《しょうかい》してもらえませんか？」

とカレンさんに言う。

「やれやれ、『銀月』を切り捨てようとしているわたしに頼むことか。無茶《むちゃ》を言うな君は」

「あはは、頼《たよ》れる相手がカレンさんしかいなくて」

この町唯一《ゆいいつ》の冒険者ギルド、『銀月』。

カレンさんは、銀月とは別の冒険者ギルドを新たに招こうとしている。

そりゃ頼む相手を間違《まちが》えていることは重々承知しているさ。でも、俺の知り合いっていったら、アイナちゃんかカレンさんしかいないんだ。

だったら大人のカレンさんに頼むしかないじゃんね。

「しかし冒険者か……。さて、どうしたものか」

カレンさんが細いあごに手を当てる。

「やっぱり難しいですかね？」

「難しいな。正直に話すと銀月のギルドマスター代理と、町長であるわたしの関係はいま最悪なのだ」

「なんと……。それって理由を訊いても大丈夫《だいじょうぶ》なやつですか？」

そんな質問を投げると、

「……君になら話してもいいか」

カレンさんは俺の顔をチラ見してからそう言った。

「昨夜、銀月のギルドマスター代理がわたしのところに来てな、こう言ったんだ」

数秒の溜めのあと、カレンさんはため息と共に続けた。

「……『どうかおカネを貸してください』、とな」

「これまたストレートな要求がきましたね」

「まったくだ」

「ちなみに金額は？」

カレンさんは、再びため息を一つ。

頭痛をこらえるような顔をしながら。

「……金貨一〇枚と言われたよ」

「えぇっ⁉　き、金貨一〇枚？」

「そうだ。せめて桁《けた》が一つ少なければわたしも考えたんだがな。金貨一〇枚はどうやっても無理だ。辺境の町にそんな大金があるわけがない」

金貨一〇枚といえば、日本円で一〇〇〇万円だ。

冒険者ギルド『銀月』は、いうなれば潰《つぶ》れかかった会社のような状態。

そんなところに公的資金を注入してしまっては、最悪共倒《ともだお》れになってしまう。

町長の立場としては、断らざるを得なかったんだろう。

「そんなことが……。でもわかりました。そのギルドマスター代理の要求を断った手前、俺に冒険者を紹介してもらうよう頼みづらい、というわけですか」

「そういうことだ。冒険者を使うにはギルドを通さなくてはならない。まあ、これは慣習のようなものだがな。わたしが直接冒険者に依頼《いらい》してしまうと、銀月の面子《メンツ》を潰してしまうことになる」

「でしょうね」

「いま説明したようにわたしとギルドマスター代理の関係は最悪だ。しかし、依頼を出すには銀月を通さなくてはならない」

「はい」

「いちおうわたしからギルドマスター代理に手紙を書いておこう。だが、期待はしないでくれよ」

カレンさんは机に置かれている羽ペンを手に取り、インクをつける。

紙にサラサラとペンを走らせ、

「……これでいいだろう。シロウ、君は銀月へ行き、ギルドマスター代理にこの手紙を渡《わた》したまえ」

「ありがとうございます」

「感謝するのはわたしの方だ。外様《とざま》の商人である君が、縁《えん》もゆかりもない町のために尽《つ》くしてくれるのだからな。シロウ」

カレンさんは椅子から立ち上がり、深く頭を下げた。

「町の発展のために尽力《じんりょく》してくれて感謝する。君の働きには必ず報いるから、いまは甘えさせてくれ」

「なに言ってるんですか。町の人たちに甘えてるのはむしろ俺の方ですよ。いっぱい儲《もう》けさせてもらってますからね」

俺は指をくっつけ輪っかをつくり、茶目《ちゃめ》っ気《け》たっぷりの笑《え》みを浮《う》かべる。

「ふふ、君は本当に懐《ふところ》が深いな。……本当にありがとう」

こうして俺は、カレンさんのお手紙を携《たずさ》えて冒険者ギルド、銀月へと向かうのだった。

◇◆◇◆◇

冒険者ギルド銀月は、町の東側にあった。

「ここか」

目の前にある大きな平屋の建物。

入口に掲《かか》げられた、『銀月』と書かれた看板。

「うん。間違いないな。ここが冒険者ギルド銀月だ。……緊張《きんちょう》するなぁ」

冒険者ギルドというからには、常に喧騒《けんそう》に包まれ、併設《へいせつ》された酒場ではムキムキな男たちが昼間から酒を酌《く》み交《か》わし、新人冒険者の足をひっかけ転ばせてはギャハハと笑う。

もちろん文句を言おうものなら逆切れされ、因縁《いんねん》をふっかけられるところまでがワンセット。

俺は冒険者ギルドと聞くと、どうしてもそんな想像をしてしまうのだ。

「大丈夫《だいじょうぶ》、俺は冒険者じゃない。商人だ。足はひっかけられない。そもそもカレンさんの手紙もあるしね。だから大丈夫。絶対に大丈夫。おっし！　入るぞ」

気合を入れ、いざ冒険者ギルドへ。

「失礼しまーす。ここのギルドマスター代理の方はいます……って、あれ？」

中は薄暗《うすぐら》く、喧騒に包まれるどころか閑古鳥《かんこどり》が鳴いていた。

「これはまた見事に……誰《だれ》もいないな」

そこには酒を飲むムキムキマッチョも、足をのばしてひっかけてくる輩《やから》も、誰もいない。

そう思ったときだった。

――しくしくしくしくしくしくしく……。

どこからか女性のすすり泣く声が聞こえてきた。

「んなっ⁉　だ、誰だ⁉」

俺はあたりをきょろきょろと。

まさかのホラー現象か？

ここは異世界なんだ。十分にあり得る。

――しくしくしくしくしくしく……。

泣き声のする方を見る。

受付らしきカウンターの奥《おく》。そこに、女の子がいた。

女の子は両手で顔を覆《おお》い、ただただ、

――しくしくしくしくしくしくしくしくしくしくしくしくしくしく……。

すすり泣いていた。

制服っぽいものを着ているってことは、このギルドの関係者なんだろう。

ギルドマスターが夜逃げして破産寸前て話だから、そりゃ泣きたくもなっちゃうよね。

ともあれ、まずは話しかけないとだな。

「あ、あのー……」

「しくしくしくしくしくしくしくしくしくしくしくしくしくしくしくしく……」

「俺は町長の紹介で来た——」

「しく……」

「……ダメだこりゃ」

女の子は一向に泣《な》き止《や》まない。それどころか顔を上げようともしない。

この様子じゃ、俺がいることにも気づいていないだろう。

「仕方がない。ちょっと失礼しますよ」

俺はカウンター越しに彼女《かのじょ》の肩《かた》へと手を伸《の》ばし、

「すみませーん。ちょっといいですかー」

その肩を揺《ゆ》する。

「…………はぇ？」

やっと気づいてくれたらしい。

女の子が顔を上げる。

頭の上にぴょこんと生えているのはウサギの耳か。

どうやら彼女はウサ耳の獣人《じゅうじん》みたいだ。

「…………」

「すみません。ちょっと話をしてもいいですか？」

「…………」

ウサ耳娘《むすめ》は、まず俺を見て、次に肩に置かれた手を見て、再び俺を見る。

そして――

「はわわわわわわ～～～～っ⁉」

やっと俺の存在に気づいた。

「落ち着いてください。まずは俺のはな――」

「だ、だれですかアナタっ？　いつの間に現れたんですかっ⁉　何しに来たんですかっ⁉　なんでアタシに触《さわ》ってるんですかっ⁉　というかアタシのこと好きなんですかっ⁉」

女の子は俺の手を振り払い、ずささっと後ずさり。

「ここは冒険者ギルド銀月ですよ！　看板娘《かんばんむすめ》のアタシがひと声かけるだけで屈強《くっきょう》な冒険者が一〇〇〇人は集まるんですからね‼」

「その割には誰もいませんよ？」

俺は後ろを振り返《かえ》る。

「ね？」

「っ……。た、たまたまですぅ。たまたまいないだけですぅ！」

なんだよその言い訳。

子供かよ。

「それにアタシだって戦えるんですからねぇ」

ウサ耳娘は拳《こぶし》を握《にぎ》り、宙にしゅっしゅとパンチしてシャドーボクシング。

「アタシの拳は岩だって砕《くだ》くんですぅ。甘《あま》く見《み》ないでくださーい」

うん。

この人、ひと言で言うとめんどくさい人だな。

「勝手に触ってすみません。でも声をかけても返事がなかったので、しかたなくだったんですよ」

「……え?」

ウサ耳娘の動きがピタリと止まる。

「それと、ここには用があって来ました。少し俺の話を聞いてもらえますか?」

「……用?」

「はい。用件です」

俺はこくりと頷《うなず》く。

ウサ耳娘は、そこではじめて俺のことをじーっと、上から下までじーっと見る。

「若い只人族《ヒューム》の男……あっ!　ひょっとして冒険者志望の方ですか?」

「へえ?　ちが――」

「アナタ運がいいですよー。実はいまですね、『と、く、べ、つ』なキャンペーン中でし

て……。通常なら銀貨一枚払って試験を受けてもらうところを、なななんと！　たっ、たった銀貨五枚払うだけで無試験で冒険者になれちゃうんです！」

「……」

「しかもそれだけじゃありません。更《さら》に銀貨一〇枚を払えば、いきなり青銅級からスタートできちゃいます！　青銅級ですよ？　凄《すご》くないですか？　同期を一気に引《ひ》き離しちゃう快感……アナタにも味わってほしいなぁ」

ウサ耳娘は体をくねらせ、チラッチラッとこっちを見てくる。

「…………じゃあ銀貨二〇枚なら？」

「に、にじゅううぅ――そ、そんなに？　ひょっとしておカネ持ち？　えとっ、じゃ、じゃあ……ぎ、銀等級からスタートさせてあげちゃいます！」

ウサ耳娘はカウンターから身を乗り出し、俺の肩をぐわしと掴《つか》む。

鼻と鼻が触《ふ》れ合《あ》うぐらいまで顔を寄せ、

「どうですお兄さん？　銀等級といえば上から四つ目の等級ですよぉ。冒険者になりたくなったでしょう？　なったよねぇ？　だったらはやくおカネを――銀貨二〇枚払ってくださぁぁぁぁぁぁいぃぃぃ!!」

目を見開く。もうそれは必死の形相で。

亡者《もうじゃ》だ。亡者がいる。俺をも凌《しの》ぐカネの亡者がここにいるぞ。

「冗談《じょうだん》ですよ。冒険者になんてなりません」

こんどは俺が手を振り払う番だった。

「あ……」

手を振り払われ、ウサ耳娘が哀《かな》しげな声を出す。

「俺は冒険者志望じゃありません。ギルドマスター代理に用があってここに来たんです。ですので、ギルドマスター代理を呼んできてもらえますか？」

「…………ですよ」

「はい？」

訊き返すと、ウサ耳娘がぽつり。

「……ギルドマスター代理って、アタシのことですよ」

「はぁぁぁぁっ⁉」

人がいないせいも相まって、俺の叫びはギルド内に響《ひび》き渡るのだった。

第八話　冒険者ギルド、銀月《ぎんげつ》

ウサ耳の彼女は、自らをエミーユと名乗った。

若い彼女が冒険者ギルド『銀月』のギルドマスター代理になった理由は、とてもシンプルなものだった。

彼女以外に、ギルド職員がいなかったのだ。

いや、正確にはもうひとり若い娘がいたらしい。でも、ギルドマスターが夜逃げした翌日、なぜか彼女もいなくなっていたそうだ。

結果、なし崩《くず》し的にエミーユさんがギルドマスター代理を務めることに。

さすがにちょっと同情しちゃうよね。

「あのクソ野郎《やろう》共、こっそり不倫《ふりん》してたんですよぉ。アタシが気づいてるともしらないで……。あっちでチュチュチュ。こっちでチュチュチュチュ。しまいにはギルドマスターの部屋でアハン♡ウフン♡。死んだ方がいいと思いません？　はぁ～……ホント、いまごろ二人して死んでいないかなぁ。死んでないにしても、野盗にでも捕《つか》まって身ぐるみはがされた上、散々痛めつけられたあと奴隷商《どれいしょう》に銅貨五枚とかで売られてないかなぁ。しかも二人セットで」

と、物騒《ぶっそう》なことを真顔で語るエミーユさん。

銅貨五枚て……。人の命が五〇〇円かよ。

怖《こわ》いよ。怖すぎるよ。

「それはなんというか……お疲《つか》れ様《さま》でしたね」

「ありがとうお兄さん。優《やさ》しいですね。アタシ、優しい人は好きですよ。……っといけないいけない。アタシに用があるんでしたよね？」

「そうだった。まずは、」

俺はカレンさんの書いてくれた手紙を差し出す。

「これを読んでもらえますか？　町長からの手紙です」

手紙を受け取ったエミーユさんの手が、「町長」のあたりでぴたっと止まる。

「……お兄さん、いま誰からの手紙って言いましたぁ？」

その声音《こわね》には、隠《かく》しきれない憎《にく》しみが滲《にじ》んでいた。

「ちょ、町長です」

「ふぅん。お兄さんの言う町長って、あの町長ですかぁ？」

「ど、どの町長かな？」

「やだなぁ。この町の町長ですよぅ。バカみたいに胸が大きい、あのクソ〇ッチのことですよぅ」

あれ？

いま『クソ〇ッチ』とか聞こえたような気がしたけど……ばーちゃんの指輪、翻訳《ほんやく》機能が壊《こわ》れちゃったのかな？

「あ、あは。あはは、誰のことを言ってるかいまいちわからないけど、ニノリッチの町長カレンさんからの手紙ですよ。それ」

「へー。あの脳みそがぜんぶ胸にいっちゃったハクジョー《薄情》な女からの手紙かー……えい」


――ビリビリビリ。


エミーユさんは手紙を読まずに破り捨てる。

「ああっ!?　手紙がっ。せっかく書いてもらったのに！」

「あの女からの手紙を持ってきたってことは、お兄さんもしってるのかな？　あの女がしようとしてること」

「しようとしてること？」

なにを言おうとしてるか想像はつくけど、ひとまずとぼけてみる。

「あの女、この町に別の冒険者ギルドを置こうとしているんですよ？　アタシたち銀月を見捨てて。酷《ひど》いですよねぇ。薄情ですよねぇ」

「は、はぁ」

「アタシ、不倫とか浮気《うわき》って一番やっちゃイケナイことだと思うんですよぅ。パパとママも『一途《いちず》でありなさい』ってアタシに教えてましたし。でもでもあのクソ女ったら、長い間ずっといっしょにやってきたアタシたち銀月を切り捨てて、別の冒険者ギルド《男》を誘《さそ》ってるわけじゃないですか？　とんだアバズレですよねぇ」

エミーユさんは一息に語ると、カウンターに置かれていた水をごくり。

「このアタシが土下座までしたのに、たった金貨一〇枚ぽっちも貸してくれないなんて……酷い」

「いやいや、金貨一〇枚ってけっこーな大金ですからね？」

「むぅっ。お兄さんはあの女の肩を持つんですか？　あんな女、胸だけの行き遅《おく》れじゃないですか！　アタシは——アタシはっ！　カレンのことずっと友だちだと思っていたのに……」

友だちだと思っていた相手を、よくもまあそこまで悪《あ》しざまに言えるよね。

俺にはそっちの方が驚《おどろ》きだよ。こんなに軽い『友だち』って言葉、はじめて聞いたぞ。

そういえば昔、ばーちゃんが言ってたっけな。

頼みを断っても恨《うら》まないのが本当の友だちだって。

ばーちゃん、あのときの言葉は本当だったよ。

「おカネがないと、銀月は終わりなのに……酷いよカレン。ずっと友だちでいようねって約束したのにおカネを貸してくれないなんてさ。こんなの……もう終わりじゃない」

再び水をごくり。

「終わり、ですか」

「うん。そうなの。お兄さん聞いてくれます？　アタシの愚痴《ぐち》聞いてくれます？」

「構いませんよ。吐《は》き出《だ》した方が楽になりますからね」

「ありがとうお兄さん。じゃあ甘えさせてもらおうかな？」

「どうぞどうぞ」

「最初はそう、あのいっつも濡《ぬ》れたゴブリンみたいな匂《にお》いがするクソギルドマスターが――

――……」

エミーユさんの愚痴は、ぶっちゃけかなり長かった。

何度も「うんうん」と相槌《あいづち》を打ち、たまに「それは酷い！」とか「マジですか……」とか合わせつつ、胸に溜《た》まった膿《うみ》を吐き出させていく。

愚痴は、たっぷり五時間続いた。


要約するとこんな感じだ。

運営資金を持《も》ち逃《に》げした前ギルドマスター。

もともと自転車操業だったこともあり、銀月はいきなり窮地《きゅうち》へと陥《おちい》る。

なんせおカネがないのだ。

冒険者がモンスターを狩《か》っても素材を買い取れず、それどころか依頼の報酬《ほうしゅう》さえ支払《しはら》えないありさま。

激昂《げっこう》する冒険者たち。

エミーユさんに報酬を払えと詰《つ》め寄《よ》るが、ない袖《そで》は振《ふ》れない。

苦肉の策として保管していた各種素材を現物支給してはみたものの、こんどは商人に買い取ってもらう素材がなくなってしまった。

ベテランは次々と去っていき、一部の冒険者パーティを除けば残ったのは最低ランクの年寄りや少年たちのみ。

プライドを投げ捨て町長であるカレンさんに、「おカネを貸してください！」と土下座してみたものの、返ってきた答えは「すまない」のひと言だったそうだ。


「万策尽《ばんさくつ》きたとはこのことですよぅ」

「エミーユさんって、その若さで苦労してんですね」

「そうなんですよぅ。もう泣きたいんですよぅ」

えぐえぐと泣き真似《まね》をするエミーユさん。

「お兄さんは、最近町に流れてる『まっち』とかいうアイテムを知ってます？　そのまっちを西にある交易都市に持っていくと、買った値段の何倍にもなって売れるそうなんですよ」

「へ、へぇえ」

もちろん知ってます。

だってマッチを売ってるのは俺だから。

「銀月に所属してた冒険者たちは、その『マッチ』を買って交易都市まで売りにいってるそうなんです。一昨日なんか、『お前んとこの仕事よりずっとカネになんだよ！』って、アタシ暴言吐かれたんですよ？　ふざけてますよねぇ。いままで稼《かせ》がせてきたのは『銀月』

なのに……」

エミーユさんは後ろの棚《たな》から酒瓶《さかびん》を取り出し、コップにどぼどぼ注《つ》いでいく。

やっぱり水じゃなかったか。

「これは単純な疑問なんですけど、なんでエミーユさんはギルドに残《こ》ってるんですか？　本来の責任者だったギルドマスターが夜逃《よに》げしてるんです。エミーユさんも仕事を放《ほう》り出して逃げちゃえばいいじゃないですか？」

ブラック企業《きぎょう》で働いていたとき、何度仕事を投げ出そうと思ったことか。

「もうっ、お兄さんには乙女心《おとめごころ》がわからないんですね」

「エミーユさんの胸の内なら、さっきまで散々聞かされてましたけどね」

「さっきのは愚痴ですぅ。いま言ってるのは乙女心ですぅ」

「はいはい。俺がわるーござんした。それで、どうしてなんですか？」

俺の質問に、エミーユさんはコップの中のお酒をぐびり。

空になったコップをカウンターにドンと置き、口元を拭《ぬぐ》う。

「秘密ですぅ。言いませぇーん」

「……」

あれ？

俺《おれ》のこみかめがピクピクいってるような気がするぞ。

深呼吸、深呼吸っと。

「あぁー。お兄さんのその顔はアタシのことめんどくさい女だと思ってますねぇ？」

「………………思ってないですよ」

「思ってますぅ！　顔に書いてありますぅ。アタシのこと、とっても可愛《かわい》いけどちょっとだけおバカさん。でもそんなところもまた可愛い、そんなふーに思ってるでしょ？」

「どんな顔だよ……」

「フンだ。お兄さんの用件は終わりましたよね？　お帰りはあちらですよー」

出口を指さしてエミーユさん。

「いやいや、帰りませんって」

「あのクソ〇ッチのお使いできたお兄さんと話すことなんて、アタシには一つもないですよーだ」

「散々愚痴を聞いてくれた相手にそれは酷い」

「フンだ」

エミーユさんは頬《ほお》をぷくーと膨《ふく》らませ、そっぽを向く。子供か。

「まあ聞いてください。エミーユさんとカレンさん——町長の関係がこじれていることは理解しました。それならいったん手紙のことは忘れてください」

「もう忘れてますぅ」

「ならよかった。じゃあ改めて……」

俺はオッホンと咳払《せきばら》い。

にこやかな営業スマイルをつくる。

「エミーユさん、冒険者ギルド銀月に依頼《いらい》を出したいんですけど、受けてもらえるでしょうか？」

その言葉の効果は抜群《ばつぐん》だった。

カウンターに上半身を寝《ね》そべらせていたエミーユさんが、がばっと起きる。

「ご依頼ですねぇ。用件をお聞きしまーす」

エミーユさんは、変わり身がすごい早かった。

◇◆◇◆◇

エミーユさんに依頼内容を話したところ、

「ふんふん。つまりはお兄さんは冒険者に同行し、冒険者はお兄さんの身の安全を守りつつ普段《ふだん》の仕事をこなす、ということですねぇ？」

と返ってきた。

「そうなりますね」

「ちょっと前例がない依頼ですけど、護衛依頼ということにしてもいいですか？」

「構いません。それで冒険者を紹介して欲《ほ》しいんですけど、どうでしょう？　依頼に適した冒険者、誰かいますかね？」

「護衛となるとぉ、ある程度の実力が必要になっちゃうんですよねぇ」

「……やっぱり難しいですか？」

なんせギルド内は閑古鳥。

誰もかもが『銀月』に見切りをつけ、マッチの転売に精を出してるって話だ。

マッチの影響《えいきょう》が、まさかこんな形で自分に返ってくるとは思わなかったぜ。

「んー……一組だけ適任の冒険者パーティがいますけどぉ、」

「いますけど？」

「高ランク冒険者なんで、依頼料が高いんですよねぇ」

「どれぐらいでしょうか？」

そう訊《き》くと、エミーユさんは両手でパーをつくる。

「四人組のパーティなんで、護衛依頼となると最低でも一日に銀貨一〇枚はかかっちゃうんですよぉ」

四人組ということは、一人につき一日銀貨二枚と銅貨五〇枚の計算か。つまり日給二万五〇〇〇円。

前に読んだネットニュースによると、日本でボディーガードを一人雇《やと》うと、八時間で五万円以上かかるらしい。

それを基準に考えると、破格の安さといえる。

「お兄さんは二泊《はく》三日を希望してるんですよね？　そうなると依頼料は銀貨三〇枚。そこに二割の手数料が乗って銀貨六枚。合計、銀貨三六枚もかかっちゃいます。お兄さん、払えるだけの資金はお持ちですか？」

「もちろんですよ」

俺は銀貨の入った革袋《かわぶくろ》を取り出し、じゃらりとカウンターに置く。

「自分の命の値段をケチるつもりはありません。ここに銀貨一〇〇枚あります。この金額で依頼を受けてもらうよう、その冒険者パーティに交渉《こうしょう》してもらえますか？　なんならもっと払っても構いません」

「ひゃ、ひゃくっ⁉　もっと払えるぅぅっ⁉　護衛依頼に銀貨一〇〇枚だなんて……ちなみにお兄さん、お仕事はなにしてるんですか?」

「駆《か》け出しですけど、いちおう商人です」

「商人?」

「はい」

「商人というとぉ……あの商人ですかぁ? 安く買《か》い叩いた物を何倍にも高く売って、儲けは独《ひと》り占《じ》めする……あの商人?」

「なんか悪意が交ざった言い方ですけど、その商人です」

そう答えた瞬間《しゅんかん》だった。

エミーユさんは胸元《むなもと》のボタンを一つ、二つ、三つ目どころか四つ目までをも外し、髪《かみ》をファサーとかきあげる。

潤《うる》んだ瞳《ひとみ》で俺の手を握り、

「お兄さん、アタシ……こう見えておカネ持ちが大好きなんですよぉ」

「そんなの最初から気づいてましたよ。エミーユさんはこう見えてどころか、どう見てもおカネ大好きじゃないですか」

「……てへ」

エミーユさんはイタズラが見つかった子供みたいに、舌をペロッと出す。

「なにが『てへ』ですか。それよりどうなんですかエミーユさん。冒険者《ぼうけんしゃ》パーティに交渉してもらえるんですか？」

「依頼料は十分なので大丈夫《だいじょうぶ》だと思います。アタシが直接交渉しますし。だからお兄さんは明日の朝、またここにきてください。そのときに依頼を受けた冒険者たちを紹介《しょうかい》します。あと念のため森に入る準備もしてきてくださいねぇ」

と、外したボタンを戻《もど》しながらエミーユさん。

「わかりました。ありがとうございます」

礼を言い、頭を下げる。

「あ、大事なことを忘れていました。お兄さん、いっこ質問してもいいですかぁ？」

「どーぞ」

俺が促《うなが》すと、エミーユさんはなぜかもじもじしながらこう言ってきた。

「お兄さんの名前、教えてください」

そういえば俺、まだ名乗ってなかったな。

「おっと、そういえばそうでしたね。失礼しました。俺は士郎《しろう》・尼田《あまた》といいます。改めましてよろしく」

握手《あくしゅ》を求めて右手を伸ばしたら、がしっと強く握られた。

「よろしくねお兄さん。それともシロウ♡って呼んだほうがいいですかぁ？」

「なんかいま『シロウ』って呼ばれたときに怖気《おじけ》が走った気がするんですけど」

「ウフフ。気のせいですよぅ」

「……『お兄さん』のままでいいです。というかそれで願いします」

「もうっ。お兄さんはホント乙女心をわかってませんねぇ」

エミーユさんが口を尖《とが》らせる。

「すみませんね。でも俺はエミーユさんのおと――」

「アタシのことは『エミィ』って呼んでください」

「え、エミィ？」

「はい。仲のいい人はアタシのことをそう呼ぶんです。ウヘへ、お兄さんはお金持ちだから特別ですよぅ。と、く、べ、つ♡」

だからなんで胸元のボタンを外しはじめるのこの人？

「わ、わかりましたっ。わかりましたから手を離してください！　そしてボタンを外さないでください！」

「おにーさぁん……このあと時間ありますぅ？」

「ない！　ぜんぜんない！」

俺は首を全力でぶんぶん。

「ちょっとぐらい、いーじゃないです――」

「じゃあ今日は帰りますっ。また明日の朝に！」

「ああん。まってぇ～～～～～～！　おにーーさーーーーん‼」

呼び止めるエミーユさんを振り切《き》り、俺はなんとか逃げ切ることに成功するのだった。

第九話　冒険者パーティ、蒼《あお》い閃光《せんこう》

次の日。

エミーユさんが直々《じきじき》に冒険者を紹介してくれるとのことなので、二日続けて冒険者ギルド『銀月《ぎんげつ》』へとやってきた。

アイナちゃんには、お店はしばらくお休みすると伝えてある。

なんかアイナちゃんもやりたかったことがあるらしく、逆にお休みくれてありがとうと感謝されてしまった。

店をオープンしてからはじめての連休だから、お母さんとゆっくり過ごしているといいな。

「失礼しまーす」

ノックをしてから、恐《おそ》る恐る扉《とびら》を開ける。

昨日、エミーユさんに追いかけ回されたことが、俺の新たなトラウマとして脳裏《のうり》に刻まれたからだ。

冒険者ギルドには、エミーユさんの他《ほか》に四名の冒険者がいた。

彼《かれ》らが依頼《いらい》を受けてくれた冒険者パーティに違《ちが》いない。

「待ってましたよお兄さん」

エミーユさんが爽《さわ》やかな顔で俺を出迎《でむか》える。

昨日の欲望に満ちた顔がウソのようだ。

「さっそくお兄さんに紹介しますねぇ」

エミーユさんは、大げさな身振《みぶ》りを交えて続ける。

「この人たちが銀月が誇《ほこ》る銀等級の冒険者パーティ『蒼い閃光』です。リーダーは――」

「おれだ」

そう言って進み出たのは、髪を短く切りそろえたイケメンの青年……って、あれ？

この青年、どっかで見たことがあるような……。

「おれが『蒼い閃光』のリーダー、ライヤーだ。エミィから冒険者の真似事《まねごと》をしたがってるヤツがいるって聞いてたけど、あんちゃんのことだったんだな」

そう言いニカッと笑う青年を見て、俺は彼が誰《だれ》なのかを思いだした。

「ああー！　最初にマッチ買ってくれた冒険者の人だ！」

「覚えててくれたみたいだな。客の顔を忘れないなんてさすが商人だ」

「いやぁ、ライヤーさんは最初にマッチを買ってくれた人ですからね。そりゃ忘れませんって」

「そうかい。腕《うで》っこきの商人さまに顔を覚えてもらえて光栄だよ」

「煽《おだ》ててもなにも出ませんよ。それに俺なんてまだまだ駆け出しの商人です」

「マッチなんて凄いものを売ってるのにか？　まあ、いいさ。まずは仲間を紹介しよう」

ライヤーさんが順番に仲間を紹介していく。

「コイツは神官のロルフ」

「はじめましてシロウ殿《どの》。道中よろしくお願いしますね」

「こちらこそですよ、ロルフさん」

「あんちゃん、神官つってもロルフを甘く見ない方がいいぜ。神官は神官でも、メイスを力任せにぶん回す武闘《ぶとう》神官だからな。優しそうな顔をしてるけどよ、怒《おこ》るとおっかないんだこれが」

からからと笑うライヤーさん。なるほど、メイスか。

ロルフさんは身長が一九〇センチはありそうで、体格もムキムキ。

着ている神官服（?）がはち切れんばかりだ。もっと大きいサイズなかったのかと、ツッコミを堪《こら》えるのが大変なレベルで。

怒らせたら怖いというのは、たぶん本当だろうな。

「次に、この眠《ねむ》そうな顔してんのが魔法使《まほうつか》いのネスカだ」

ライヤーさんがとんがり帽子《ぼうし》をかぶった女の子の肩《かた》を叩く。

「……」

「ほらネスカ、シロウに挨拶《あいさつ》しろ」

「………ども」

「よ、よろしくネスカさん」

「見ての通りネスカは無口でな。でも魔法の腕は確かだから安心していいぜ。ちっとばかし詠唱《えいしょう》がゆっくりなのが仲間としちゃハラハラするけどな」

「………余計なお世話」

「そう思うなら詠唱をもっと速くしてくれ」

「………考えておく」

「はぁ……。お前いつも考えるだけで終わるんだよな」

ライヤーさんは深いため息をついたあと、気を取り直したように顔を上げる。

「そんでこっちが、」

「キルファだにゃ」

少女が被《かぶ》っていたフードを取ると、そこには三角形の耳がピコピコと。

「その耳！　ま、まさか猫《ねこ》の獣人《じゅうじん》ですか⁉」

「うん。ボクは猫獣人《ケットシー》なんだにゃ」

「ケットシー‼」

俺が鼻息を荒《あら》くしていると、

「ん？　ひょっとしてあんちゃんは猫獣人が嫌《きら》いなクチか？」

とライヤーさんが訊いてきた。

これに対し俺は首を振り全力否定。

「まさか！　こんな可愛い種族を――ネコ耳を嫌うわけがありませんよ！」

「そ、そうか」

「そうですよ！」

ネコ耳は正義。

世にあるいくつもの正義の中で、唯一《ゆいいつ》絶対の正義こそがネコ耳だ。

「初対面なのに『可愛い』だにゃんて……ボク照れちゃうにゃ」

キルファさんが頬に両手を当て、くねくね身をよじる。

「……キルファ、あんちゃんはお前を可愛いって言ったわけじゃないからな」

ライヤーさんのツッコミも、くねくね真っ最中のキルファさんには届かない。

やれやれとばかりに、ライヤーさんは困った顔を俺に向ける。

「いや、変に疑って悪かったな。依頼人《いらいにん》の中には猫獣人ってだけで嫌う、クソみたいな連中がたまにいるからよ。てっきりあんちゃんもそんな連中の一人かと疑っちまった。すまねぇ」

「ネコ耳を嫌う連中ですって？　世の中には酷い人たちもいるんですね」

「あんちゃんの言う通りさ。だからおれたちはその手のクソ野郎共からの依頼は受けないようにしてんのさ」

ライヤーさんが誇らしげに胸を張る。

「おれたちが辺境にあるこの町に来たのだって、そんなクソな連中に嫌気《いやけ》がさしてだからな」

「はにゃっ⁉　ねーねーライヤー、そういえばボクの紹介が終わってないにゃ」

正気を取《と》り戻したキルファさんから、ライヤーさんへ指摘《してき》が入る。

「おっとそうだったな。悪《わり》ぃ悪ぃ。……えーっと、どこまで話したっけ？」

「もういいよ。ボクが自分でするから」

そう言うとキルファさんは、コホンと咳《せき》ばらいを一つ。

「ボクは斥候《レンジャー》をやってるにゃ。偵察《ていさつ》したり罠《わな》を見つけたりするのがボクの役目なんだー」

「もちろんキルファは戦闘《せんとう》もするぜ。ダガーも弓も使う」

「おおー。凄《すご》いですね」

「にゃっはっは。それほどでもあるんだにゃ」

キルファさんが得意げに胸を張る。

「ま、キルファの一番の得意技《とくいわざ》は逃げ足《あし》なんだけどな」

「それは言っちゃダメなやつにゃ」

ライヤーさんとキルファさんの掛《か》け合いに、この場にいるほぼ全員が楽しげに笑う（ネスカさんだけ眠そうにしていた）。

「さて、そんじゃ早速森へ行くか。あんちゃん、準備と覚悟《かくご》はできてるよな？」

「はい！」

「いい返事だ。なら出発するぞ」

体格のいい武闘神官のロルフさん。

無口な魔法使いのネスカさん。

斥候のキルファさん。

この三人に、リーダーで戦士のライヤーさんを入れた冒険者パーティ、『蒼い閃光』。

俺はこの四人に同行し、いまから冒険者体験をはじめるのだった。

どうか道中危険な目に遭《あ》いませんように、と祈《いの》りながら。

◇◆◇◆◇

エミーユさんに見送られ銀月を後にした俺たちは、そのまま町の東にある森へと入っていった。

いよいよ冒険者体験のはじまりだ。

道なき森を進む『蒼い閃光』と非戦闘員の俺。

隊列っていうのかな？

斥候でネコ耳なキルファさんが先導し、その斜《なな》め後《うし》ろをリーダーのライヤーさん。

真ん中は俺と無口な魔法使いのネスカさんで、最後尾《さいこうび》は武闘神官のロルフさんだ。

近接戦闘できる人を前後に置き、俺を守りながら進む。

なんとも合理的なフォーメーションだと思う。

「あんちゃん、なるたけモンスターを避《さ》けて進むから安心してくれ」

「はい。ありがとうございます」

「ってなわけだ、任せたぜキルファ」

「ふっふ～ん♪　ボクに任せるにゃ」

ライヤーさんの言葉に、キルファさんがどんと胸を叩いて答える。

冒険者体験をしたい俺の無茶《むちゃ》ぶりを聞いてもらった結果、今回の目的は薬草の採取になった。

薬草を集め、町の薬師に売るのだという。

町唯一の冒険者ギルドが機能していないから、薬師も材料が手に入らず困っているんだとか。

「なかなか見つからねぇな」

焦《じ》れたようにライヤーさんがこぼす。

探しているのは普通《ふつう》の薬草だけではない。この森でしか生えていない特別な薬草――上級薬草も探しているそうなのだ。

だからモンスターとの戦闘は可能な限り避け、薬草探しに集中するとのこと。

俺が同行できるのも、そんな理由からだった。


上級薬草を探し求め、あっちへこっちへ。

半日ほど森を歩きいくつかの薬草は見つかったけれど、本命の上級薬草は見つからなかった。

「やれやれ、やっぱアレはそう簡単にゃ見つからないか。しゃーない。今日はここまでだ。夜営の準備をするぞ」

ライヤーさんの言葉で夜営の準備をはじめたのは、日が傾《かたむ》きはじめた頃《ころ》だ。

余裕《よゆう》があるうちに休むのが長く続けるコツなんだぜ、とライヤーさんは教えてくれた。

以前俺が勤めていたブラック企業の、ハゲ散らかした社長に聞かせてやりたい言葉だぜ。

「薪《まき》を集めてきたにゃー」

「あんがとよ。そんじゃ、あんちゃんに売ってもらったマッチで火を熾《おこ》そうぜ」

ライヤーさんがマッチを種火にして薪に火をつけた。

焚火《たきび》ってなんかロマンチックだよね。なんていうか、たき火を見ているだけで心が落ち着いてくる。

「ホント、このマッチは凄いよな。こうやって簡単に火がつくんだからよ」

「シロウ殿に感謝ですな」

「いやー、ウチの商品を使ってもらえて、俺のほうこそ感謝ですよ」

マッチの評判は上々なようだ。

ロルフさんの話では、ニノリッチの冒険者の間では必須《ひっす》アイテム化しているそうだ。半分は仕事用。もう半分は転売用って感じらしいけどね。

「あんちゃんのマッチを王都で売ったら大儲《おおもう》けできそうだよな」

「いずれ王都の名立たる商会が、シロウ殿のマッチに目をつけるでしょうね」

「ハハッ、それな。ロルフの読みは当たるんだ。マッチが知《し》れ渡《わた》るのも時間の問題だろうぜ。あんちゃん、そんときは思いっきり高く売りつけてやんな」

「えぇー!? 高くですか?」

「そうだ。それも思いきりな。王都の商人はガメツイからよ、あんちゃんみたいな優《やさ》しい奴《やつ》はすぐにカモにされちまうぞ」

「それは気をつけないとですね」

そんな感じにマッチトークに花を咲《さ》かせていると、不意にネスカさんが、

「………………ライヤー、お腹空《なかす》いた」

とポツリ。

タイミングよくキルファさんのお腹が「ぐー」と鳴る。

女子の二人は空腹のようだ。

「今日は歩きっぱなしだったもんな。そろそろ飯にするか」

「やったー。ボクお腹もペコペコにゃ～」

ということで夕食になった。

四人が背負い袋《ぶくろ》から、干し肉や硬《かた》そうなパンを取り出す。

へぇえ。やっぱ野外活動がメインな冒険者の食事は質素なんだな。

とか思いつつ見ていると、

「ん？　シロウはゴハン持ってきてないのかにゃ？」

なんかキルファさんに心配されてしまった。

キルファさんは干し肉を半分に噛《か》み千切って、

「ボクの半分あげようか？」

と訊いてきた。

俺は慌《あわ》てて首を横に振る。

「あー、大丈夫です。ちゃんと自分の分は持ってきてますから」

「そっか。よかったー。ボクのゴハンが半分に減っちゃうかと思ったにゃ」

「誤解させてすみません。冒険者のみなさんがどんなものを食べてるか興味があったもので」

「ん？　冒険者に限らず旅人も商人も、移動中に食えるものなんてそういくつもないだろ」

「ライヤー殿の言う通りですな。現地で調達できたときは別ですが、我々は仕事中《冒険中》にこういった保存食を食べていますよ」

ロルフさんが干し肉とカチコチのパンを見せてくる。

「なんかどっちも硬そうですね……」

俺の素直《すなお》な感想にライヤーさんが肩をすくめる。

「そりゃあ乾燥《かんそう》させてあるからな。……って待てよ。あんちゃんの飯は違うのか？」

「はい。俺のご飯はこれです」

俺はリュックから自分のご飯を取り出していく。

アルファ米を使った炊《た》き込みご飯。

パンやビスケット。

チョコやバータイプの栄養食。

各種缶詰《かんづめ》。

そして俺の大好きなカップ麺《めん》、とん兵衛《べえ》。

どれも災害用の非常食として、ホームセンターに売られていたものだ。

「…………これ、食べもの？」

ネスカさんが首を傾《かし》げる。

近くにあったチョコバー（袋入り）を手に取り、くんくんと匂《にお》いを嗅《か》ぐ。

「そうですよ。見ててください」

俺は缶詰の蓋《ふた》を開け、四人に中身を見せる。

四人が缶詰を覗《のぞ》き込む。

「これは鶏のお肉をタレで煮付《につ》けた食べ物です。こっちは甘《あま》いお菓子《かし》のビスケットとチョコレート。それでこれは――……」

俺は非常食を順番に説明していった。

お湯を沸《わ》かして炊き込みご飯やカップ麺を作ったり、袋の封《ふう》を切ってパンを出したり。

四人は見たことがない食事の数々に目を丸くする。

特にネスカさんなんか、口からヨダレが溢《あふ》れ出《で》ていた。

まさかの食《く》いしん坊《ぼう》キャラか。

「あんちゃん、一人でそんなにたくさん食べるのか？」

俺の前に広げられた保存食の数はかなりある。

とてもじゃないが、一人で食べきれる量じゃない。

「やだなぁ、これはみなさんの分も含《ふく》まれてますよ」

「おれたちのも、だって？」

「ええ。実はこれ、ウチの店で出す商品にしようかと考えているものなんですよね。ですのでみなさんに食べて頂いて、感想を聞かせてもらえると助かります」

「そういうことなら任せてくれ！　おいみんな、聞いた通りだ。あんちゃんのためにも食べてやろうぜ」

「わーい！　ありがとにゃシロウ！」

「恵《めぐ》みを与《あた》えてくださるシロウ殿に、神々のご加護があらんことを」

「………わたしはこれ食べる」

四人がわっと非常食に手を伸《の》ばす。

「な、なんだこれ？　『トンベェ』っつったか？　なんの味付けだ！　なんでこんなに美《う》味《ま》いんだ⁉」

「おいしー！　シロウこれおいしーにゃぁぁぁぁぁぁぁぁっ‼」

「なんと柔《やわ》らかいパンでしょう。神殿《しんでん》でもこれほどのものは食べたことがありません」

「………甘くておいしい。シロウ、もっと頂戴《ちょうだい》」

かくして、非常食の感想は四人とも「おいしい」で終わるのでした。

食事を終える頃には太陽が沈《しず》み、代わりに二つのお月様が昇《のぼ》りはじめていた。

「あー、腹《はら》いっぱいだ。まさか仕事中に腹いっぱい食えるとは思わなかったぜ」

「ボクもボクもー。もーお腹いっぱいだにゃあ」

「………チョコ。……甘いお菓子。……わたし覚えた」

「これも神の巡《めぐ》り合《あ》わせでしょう」

非常食はどれも高評価。

食べてもらった四人には、後日どの非常食が冒険者に適しているかを相談させてもらう約束だ。

ボクたちにまかせて！　ってキルファさんは胸を叩いていたけど、ヨダレがダラダラしてたのが不安といえば不安かな。

食事が終わればあとは寝《ね》るだけ。

旅行じゃないんだから特にワイワイすることもなく、就寝《しゅうしん》することとなった。

「見張りはおれとロルフとキルファが交代でやるから、シロウとネスカは寝てていいぞ」

とのライヤーさんのお言葉。

なんでも、見張りはモンスターを警戒《けいかい》する大切な役目。

素人《しろうと》である俺はともかく、普段からぽわぽわしてるネスカさんにも向かない役割なんだとか。

「まずはおれが見張りをやる。次がロルフでそん次はキルファな」

「承知しました」

「うん。わかったー」

四人は荷物から毛布を取り出し包《くる》まる。

キルファさんとネスカさんは地面に寝そべって、ライヤーさんとロルフさんは木を背もたれ代わりに。

「ん？　あんちゃんも寝ていいんだぞ」

そうは言ってくれても、時刻はまだ二〇時。

いくら疲《つか》れているとはいえ、普段〇時過ぎに寝てる身としてはそう簡単に寝付けない。

「あはは、こんな時間に寝ることに慣れていなくて……」

「そうかい。毎日遅《おそ》くまで起きてられるなんて、商人だけあってカネがあんだな」

「へ？　なんで遅くまで起きてるとおカネがあることになるんです？」

「そりゃ夜中まで起きてるってことはロウソクやランプ、もしくは照明魔道具《まどうぐ》を使ってるってことだろ？　どれも貴重なもんだ。酒場でもないのに気にせず使うなんて、貴族や大商人ぐらいなもんだぜ」

「ああ、なるほど」

ライヤーさんの説明に、思わずポンと手を打ってしまう。

インフラが整っている日本に住んでると忘れがちだけど、こっちの世界《異世界》にとっては明かりを灯《とも》すのだってそれなりの費用がかかるのだ。

道理でアイナちゃんが早起きなわけだよね。

こういった気づきを得られただけでも、冒険者に同行した意味があるってもんだ。

「寝れねーならもちっと話すか？」

「俺《おれ》としては勉強になるから嬉《うれ》しいですけど、見張りのジャマになりませんか？」

「話に夢中になって警戒を怠《おこた》るようなヤツに、冒険者なんかできねーよ。そんでおれは冒険者になって一二年目だ。この意味はわかるな？」

にやっと笑うライヤーさん。

それに対し、俺もにやっと返す。

「ベテラン、ってわけですね」

「そういうこった」

ライヤーさんが言うには、一人でやる見張りはヒマだから話し相手がいた方が嬉しいそうだ。

他の三人の睡眠《すいみん》のジャマにならないか心配したら、会話してるぐらいで寝られないほど繊細《せんさい》だと、やっぱり冒険者に向いていないらしい。冒険者を続けるのもなかなか大変なんだな。

それから俺は、睡魔《すいま》がやってくるまでライヤーさんと話すことに。

「へぇえ。冒険者って寝袋《ねぶくろ》は使わないんですか」

「ああ。寝袋はあったかいけどよ、いざってときに動けないからな。冒険者はだいたいマントや毛布に包まって寝るんだ。見てみ、おれの仲間もそうだろ?」

「確かに。でも毛布だけじゃ寒くないですか?　今日はまだ暖かい方ですけど……」

「まーな。いまはいいけどよ、冬なんか火を熾して暖を取らなきゃ死んじまうぐらいには寒いからな。かといって毛布の枚数を増やすとその分荷物になっちまう」

ライヤーさんが、困ったもんだぜとばかりに首を振《ふ》る。

そして、

「あーあ、空間収納《くうかんしゅうのう》のスキル持ちがいれば荷物で悩《なや》まなくてもいいいんだけどなぁ」

不意に、ライヤーさんの口から【空間収納】の言葉が飛び出したじゃありませんか。

これは自分のスキルについて知るチャンス。

逃《のが》すわけにはいかない。だから俺は、さり気なく空間収納について訊いてみることに。

「空間収納のスキル……ですか?」

「ああ。あんちゃんも商人なら知ってるだろ？　一万人だか一〇万人だかに一人だと言われてる、あのスキルだよ」

「う、噂《うわさ》ぐらいなら」

「いいよなー。あんなスキルがあれば一生食いっぱぐれることがないよなー。なんでもよ、古代魔法文明時代のダンジョンにゃ、『空間収納の書』ってのが眠っているらしいぜ」

「も、もし発見されたらどれぐらいの価値があるんでしょうねー」

「だっはっは！　商人のあんちゃんがそれを言うかよ。あの空間収納のスキルの書だぜ？　収納量にもよるけどよ、荷馬車一台分の収納量でも貴族の屋敷《やしき》が買えちまうぐらいは価値があるだろうぜ」

マジですか⁉

俺そんな凄いスキル持ってるの？？

空間収納のスキル持ちなことを秘密にしていたのは、正しい判断だったみたいだな。

偉《えら》いぞ俺。

そして今度どれぐらいの量が入るのか試《ため》してみよっと。

ライヤーさんと話すことによって、この世界の知識をいろいろと得ることができた。

いつの間にやら二つのお月様が真上に昇り、昼間の疲れがほどよい睡魔を運んできた。

「いろいろ聞かせてもらってありがとうございました。やっと眠くなってきたんで、そろそろ寝ますね」

「おう。朝になったら起こすからそれまで――」

そこで、ライヤーさんが身を起こし、剣《けん》に手をやる。

「ライヤーさん？」

「シッ！　あんちゃん静かにしてくれ」

ライヤーさんの様子がおかしい。

まるでなにかを警戒……って、まさか！

「クソ。この気配……近づいてきてやがるな。キルファ、ロルフ、起きろ。悪いがあんちゃんはネスカを起こしてくれ。そいつ寝起きが悪いんだ」

「わかりました」

ネスカさんの体を揺《ゆ》らす。

「………ちょこ……おいしい……」

「ネスカさん！　チョコの夢見てないで起きてください。緊急《きんきゅう》事態っぽいですよっ」

「………ん？　シロウ？」

「そうです士郎《しろう》です。はやく起きて！」

「あんちゃんの言う通りだネスカ。さっさと目を覚まして魔法を撃《う》てるように準備してくれ」

「……わかった」

むくりと体を起こすネスカさん。

他の二人——キルファさんとロルフさんは既《すで》に起きていて、もう武器を構えている。

「キルファ、なにかわかるか？」

ライヤーさんの問いに、

「クンクン……。ダメにゃ。風下から来てるみたいでぜんぜん匂いがしないにゃ」

鼻をヒクヒクさせたキルファさんが首を振る。

「それなりに知恵《ちえ》が回るモンスターのようですね」

ロルフさんがメイスを握《にぎ》りしめたときだった。

突然《とつぜん》、後ろの茂《しげ》みからガサガサと草木を掻《か》き分《わ》ける音が聞こえてきた。

反射的に振り返《かえ》る。

俺の視線の先、そこにはとても大きなクマの姿が。

「ちくしょう。よりによってマーダーグリズリーかよ」

クマを見た『蒼い閃光』の四人は、険しい表情を浮《う》かべるのだった。

俺たちの前に現れたのは、とても大きなクマだった。

博物館で見たヒグマの標本より、二回りは大きい。

『蒼い閃光』四人の青ざめた顔を見れば、あのクマがどれだけ危険か嫌《いや》でもわかった。

「マーダーグリズリーか、銀等級のおれたちにゃ荷が勝ちすぎるな」

ライヤーさんが吐《は》き捨《す》てるように言う。

マーダーグリズリーと呼ばれた四足歩行のクマは、俺たちの一〇メートルほど手前で一度足を止める。

まるで、こちらを品定めしているかのようだった。

「ライヤー殿、いかが致《いた》しますか？」

ロルフさんが自分たちのリーダーに、落ち着いた口調で判断を仰《あお》ぐ。

「いかがも何もないだろ。おれたちのランクじゃ逆立ちしたって勝てないモンスターだ。できることなら今すぐにでも逃《に》げ出《だ》したいところだが……」

「無理、でしょうね。マーダーグリズリーは足がとても速いと聞きます。私たち只人族《ヒューム》の足では、すぐに追いつかれてしまうでしょう。逃げ切れるとしたら、ケットシーのキルファ殿だけでしょうな」

「ボク仲間は見捨てないにゃ！」

「ですが、戦っても勝てませんよ？」

「うぅ～～」

ロルフさんの言葉に、キルファさんが歯噛《はが》みする。

「ちっくしょう。見ろよあのサイズ。おれたち五人を丸ごと喰えちまいそうじゃねーか。

しかもあの色……マーダーグリズリーの亜種《あしゅ》かよ」

「ボク、食べられるのだけはイヤにゃ」

「………わたしも」

ライヤーさんの言葉に、キルファさんとネスカさんが身を強張《こわば》らせる。

「んなのおれだって嫌だよ。さてっと、逃げても追いつかれる。戦っても絶対に勝てない。

どうしたもんかな」

「誰かがこの場に留《とど》まり、時を稼《かせ》ぐしかありませんね」

「やっぱ、それっきゃないよな……」

ライヤーさんとロルフさんは顔を見合わせ、頷《うなず》き合う。

二人とも、最初からそれしかないってわかってた顔だ。

さて、突然ですがここで問題です。

この状況下《じょうきょう》で一人だけ囮《おとり》にならなければならない場合、いったい誰が適任でしょう？

——答え、俺。


蒼い閃光の四人は仲間なんだ。

ここにいる部外者は俺一人。

知り合ったばかりの浅い付き合いの男がクマに食い殺されたところで、さして胸は痛まないからね。

つまりは選択肢《せんたくし》なんて、最初から一つしかなかったんだろう。

「なあ、あんちゃんよ」

どこか寂《さび》しそうな顔で、ライヤーさんが話しかけてきた。

俺は次に言われる言葉が何かをわかっていながら、「なんでしょう？」と返す。

マーダーグリズリーの囮になってくれ。

——そう言われるとわかっていた。

――そう言われると思っていたのに、

「おれとロルフがあのクマ公の注意を引き付ける。あんちゃんはキルファとネスカの後ろについていてアイツから逃げてくれ。ああ、ネスカはよくスッ転ぶからよ。もし転んだら助け起こしてやってくれ。……おれの代わりにな。頼《たの》んだぜ、あんちゃん」

予想だにしない言葉だった。

なんか盛大に肩透《かたす》かしを食らった気分だ。

ライヤーさんは困ったように笑い、ロルフさんの隣《となり》に立つ。

「ロルフ、すまねぇな」

「お気になさらずに。ライヤー殿とは長い付き合いですからね」

「最期《さいご》まで付き合ってくれるお前さんには感謝しかねえや」

「貴方《あなた》に命を救われたときから、この命は貴方のために使うと決めていました。フフッ、思ったよりはずっと早かったようですが」

「だーな。いつかこんなときがくるとは思ってたけどよ、ずいぶん早かったな」

「ええ」

「ま、冒険者《ぼうけんしゃ》やってりゃんなこともあるか。ネスカ、達者でな。キルファ、ネスカとあんちゃんのこと頼んだぞ」

ライヤーさんに頼まれたキルファさんは、泣きそうな顔で。

「うん。ボクが二人の代わりにネスカとシロウを守るにゃ。だから……心配しなくていいよ」

「………わたしも一緒《いっしょ》に戦う」

「ばーか。トロくさいお前がいたら足手まといだっての。それと……わかれよ。最期ぐらい惚《ほ》れた女の前でカッコつけたいんだよ」

「………バカ」

ネスカさんが、涙《なみだ》をいっぱいに溜《た》めた目でライヤーさんを睨《にら》みつける。

これに対し、ライヤーさんはいたずらっ子みたいな笑《え》みで返す。

「そんじゃ、おれが仕掛《しか》けたら逃げろ。ロルフは回復魔法の準備を頼まぁ。ついでにおれが一撃《いちげき》で殺《や》られないように祈っててくれ」

「承知」

ロルフさんが頷き、神に祈りを捧《ささ》げる。

そのときだった。

——ガサリッ。


また後ろで音がした。

振り返るとそこには——

「ロルフ……もう一匹《ぴき》出てきたにゃ」

もう一体のマーダーグリズリーが。

みんなの顔が絶望に染まる。

前門のマーダーグリズリー。後門にもマーダーグリズリー。

つまりは挟《はさ》み撃ちの形だ。

「ウソだろ。クソッ、ふざけろよ!」

ライヤーさんが吐き捨てる。

「キルファ殿《どの》は逃げる準備を。この場は私とライヤー殿でなんとか——」

「…………できるわけない。もう終わり。……わたしたちは今日死ぬ」

圧倒的《あっとうてき》な絶望がそこにはあった。

『グルゥゥ……』

マーダーグリズリーが歩みを再開し、ゆっくりと近づきはじめた。
背後にいる一体は足止め役なのか、動かない。
ライヤーさんは両手で剣を構え、腰《こし》を落とす。
——マーダーグリズリーが近づいてくる。
キルファさんはネスカさんの手をぎゅっと握り、脚《あし》に力を溜める。
——マーダーグリズリーが近づいてくる。
ロルフさんが祈りを唱えながらメイスを振り上《あ》げる。
——マーダーグリズリーが近づいてくる。
緊張《きんちょう》が続くなか、俺はというと、
「確かここに……」

リュックを開け、中をガサゴソと。

「何してるあんちゃん⁉　まだ動くな！　マーダーグリズリーがあんちゃんを狙《ねら》っちまうぞっ」

ライヤーさんからの制止の声。

しかし俺はリュックを探《さぐ》り、ついに目的の物を見つけた。

「あった！」

俺はリュックから取り出したモノにマッチで火をつけ、ポイポイと放《ほう》り投《な》げる。

前方のマーダーグリズリーに一つ。

もう一つは背後のマーダーグリズリーに。

瞬間《しゅんかん》――


――パパパンッ！　パパパパパンッ！


大きな炸裂音《さくれつおん》が響《ひび》いた。

俺が投げたのは『爆竹《ばくちく》』。

クマ被害《ひがい》の多い北海道でも、クマよけとして使われているものだ。

音に驚《おどろ》いたマーダーグリズリーが、慌てて数歩後退する。

よし。距離《きょり》ができたぞ。

「お次はこいつだ！」

リュックからスプレー缶《かん》を取り出し、四人が見つめるなか噴射口《ふんしゃこう》を前方のマーダーグリズリーへと向ける。

飛《と》び退《の》いたマーダーグリズリーとの距離は、五メートル。

こちらの様子を窺《うかが》いながら、再び距離を詰《つ》めようとしている。

しかし俺は怯《ひる》まず、逆にどんと一歩前へ出て、

「マーダーグリズリー！　俺の前に現れたことを悔《く》いるがいい！　ファイアッ!!」

スプレー缶に付いていた安全ピンを抜《ぬ》き、噴射ボタンを押《お》し込む。


――プシユゥウウウウウウッ!!


赤みのかかった粉末がクマの顔面へと噴《ふ》きかかる。

瞬間、

『グギャアアァァァァァァァァァァァ――――――ッ⁉』

マーダーグリズリーが悲鳴を、ホント、悲鳴としか例えようがない叫《さけ》び声《ごえ》をあげた。

間を空けずに背後のもう一体にもプシュー。


『グルガギギギャアアァァァァァァァ――――――ッ‼』


ゴロゴロと転げまわる二体のマーダーグリズリー。

『グギャッ⁉　グホゥッ⁉』

『ガルギャッ！　グルギャァァッ‼』

マーダーグリズリーたちは、地面に顔や鼻を必死になって擦《す》りつけている。

この光景に蒼《あお》い閃光《せんこう》の四人はぽかん。

「うーん。効果はバツグンってやつだな。それとも会心の一撃？」

俺が一人呟《つぶや》いていると、

「あ、あんちゃん……いったいなにをやったんだ？」

震《ふる》える声でライヤーさんが訊《き》いてきた。

信じられないとばかりに、転げまわるクマを見ている。

「大したことじゃありません。毒の霧《きり》であのクマ――マーダーグリズリーでしたっけ？　マーダーグリズリーの目と鼻を利《き》かなくさせただけです」

「なんだって⁉　毒の霧？　あんちゃん魔法《まほう》も使えたのかっ？」

「やだなー。魔法じゃないですよ。ただのアイテムです。ほら、これです」

右手に持ったスプレー缶をライヤーさんに見せた。

スプレー缶には、『クマ撃退《げきたい》マグナムブラスター』と書かれている。

当然日本語で書かれているから、ライヤーさんには読めない。

「これは？」

「このアイテムの中には毒の霧が込められていて、指向性を持たせて噴射することができるんですよ。どうです、凄《すご》いでしょ？」

「毒の霧……。それでマーダーグリズリーがあんなに苦しんでるのか」

「ええ、その通りです」

万が一に備えて用意していた、クマ撃退スプレー。

もっとも、使うことになるとは想像もしてなかったし、何よりこんなに効果があるとは思わなかったけどね。

備えあれば何とやらだ。

「さあ、いまのうちにみんなで逃げましょう！」

そう言い走り出そうとしたところで、

「待ったあんちゃん！」

ライヤーさんから制止がかかった。

「あんちゃん、マーダーグリズリーはあんちゃんの使った毒で目と鼻が潰《つぶ》されてるんだよな？」

「ええ。そうですけど……？」

俺が首肯《しゅこう》すると、ライヤーさんはニヤリと笑う。

「ってことはだ、マーダーグリズリーをボコり放題ってことか！　冒険者としちゃこれを逃す手はねーな。ロルフ、キルファ、やるぞ！　ネスカは攻撃魔法《こうげきまほう》を頼む！」

「りょーかいにゃ！」

「承知！」

「………報《むく》いを受けさせる」

先ほどまでの悲壮感《ひそうかん》はもう遠い彼方《かなた》。

こうして、視覚と嗅覚《きゅうかく》を失った哀《あわ》れなクマさんたちは、『蒼い閃光』の四人によって倒《たお》されてしまうのでした。


「いよっしゃーーーーー!!」

勝利の雄叫《おたけ》びをあげるライヤーさん。

そんなライヤーさんに向かって、俺はふと思い出したことをひと言。

「そういえばライヤーさんて、ネスカさんのことが好きなんですか?」

「「……」」

答えが返ってこない代わりに、ライヤーさんとネスカさんは顔を真っ赤にするのでした。

◇◆◇◆◇

討《う》ち取《と》ったマーダーグリズリーの各種素材は、高値で取引されているそうだ。

「ライヤー殿、毛皮をそちらから引っ張り剥《は》がしてください」

「おう」

「キルファ殿は牙《きば》をお願いします。ネスカ殿は血を革袋《かわぶくろ》に入れ氷結魔法で凍《こお》らせてください」

「りょーかいにゃ！」

「………わかった」

そんなわけで、ただいまマーダーグリズリーは絶賛解体中。

ロルフさんの指示で三人が素材を剥ぎとっている。

おかげでけっこーグロい光景が目の前に広がっていた。

「よし。毛皮は剥げたぜ。次は爪《つめ》だな」

「ねーねーライヤー」

「ん、どうしたキルファ？」

「こいつのキンタマはどうするにゃ？」

お年頃《としごろ》の女の子から、まさかの発言が飛び出してきた。

しかし、蒼い閃光のみんなは誰《だれ》も気にしていない様子。

「そりゃ持って帰るだろ。なあロルフ？」

「その通りです。マーダーグリズリーの睾丸《こうがん》は薬の材料としても価値があります。当然、剥ぎとってください」

「はーい」

キルファさんがダガーを器用に操《あやつ》り、クマさんのタマタマをチョッキンする。それを見て、俺の股《また》がヒュンとした。

時間と共にクマはどんどん解体されていく。

マーダーグリズリーは二体。

一体の解体が終わったら、もう一体も同じように素材を剥ぎとり解体していき、最後には肉と骨だけが残った。

「さーて、こんなもんか？　これ以上は持てないもんな」

ライヤーさんの言葉に、他《ほか》の三人が頷く。

みんなクマの素材で荷物がパンパンに膨《ふく》れ上がっている。

「あんちゃん、これはちょいと相談なんだけどよ……」

頭をぽりぽり。

申し訳なさそうにライヤーさんは、

「悪いが依頼《いらい》を打ち切って町に戻《もど》らせちゃくれないか？」

と言ってきた。

「予期せぬモンスターとの戦闘《せんとう》でしたからね。でも探していた上級薬草はもういいんですか？」

「あんちゃんのおかげで、本来は金等級の連中じゃなきゃ狩《か》れないマーダーグリズリーを倒しちまったからな。マーダーグリズリーの素材は上級薬草なんかよりずっと高く売れんだ。腐《くさ》っちまう前に売らなきゃ勿体《もったい》ないだろ？」

「ははぁ。なるほど」

いつもなら素材を買い取るのは冒険者ギルドの役目だ。

しかし銀月はいま資金難。そもそも素材を買い取るだけのおカネがない。

そこでライヤーさんたちは、別の大きな街で売ることを考えた。

ネスカさんの氷結魔法でマーダーグリズリーの素材を凍らせ、その間に大きな街まで運ぶつもりらしい。冒険者って逞《たくま》しいよね。

「すまねぇなあんちゃん。もちろんこれはおれたちの都合だ。今回の依頼料は一切《いっさい》いらない。なんなら断ってくれてもいい」

真面目《まじめ》な顔をしてライヤーさんは続ける。

「でもよ、マーダーグリズリーから剥がした素材の半分はあんちゃんのものなんだ。あんちゃんも商人なら、素材が腐る前に売っぱらっちまいたいだろ？」

「えぇっ!?　半分が俺の？　いや、だって俺なにもしていませんよ？」

「なに言ってんだ。あんちゃんのアイテムがなきゃおれたちはいまごろ全滅《ぜんめつ》してたんだぜ？　それにあんなスゲーアイテムだ。その……かなり高かったんじゃないか？」

ライヤーさんの言葉に、仲間たちもこくこくと頷いている。

こっちの世界では、戦闘に使えるアイテムはかなり値が張るらしい。

下位の攻撃魔法が込められた使い捨ての巻物《スクロール》でも、銀貨が何十枚とかかるんだとか。

だからライヤーさんは、毒の霧を出したクマ撃退スプレーを高価なものだと思ったんだろう。

「やだなー。そんなの気にしなくていいですよ。どんなアイテムだって人の命には替えられませんからね」

俺は笑いながら手をぱたぱたと振る。

「あんちゃん、お前ってやつは……」

ライヤーさんが俺の肩《かた》をばしんと叩《たた》く。

「なんていいヤツなんだっ！　あんちゃんホントに商人か？　人が好《よ》すぎだろ」

「あはは、それたまに言われるんですよね。やっぱ俺、商人らしくないですか？」

「らしくないな。ぜんぜんらしくない。けどよ、おれはあんちゃんみたいなヤツの方が好きだぜ。なあ、みんな？」

後ろを振り返り、同意を求めるライヤーさん。

蒼い閃光の仲間たちは、

「ボクもー！　ボクもシロウのこと大好きにゃー」

「………わたしもシロウはいい人だと思う」

「世の商人が皆《みな》シロウ殿のようでしたら、世界はもう少しだけ優《やさ》しくなるのですがね」

と同意を示した。

やめて。そんなに言われると照れちゃうって。

そもそもあのクマ撃退スプレー、一本八〇〇〇円なんです。こっちだと銅貨八〇枚ぐらいの価値しかないんです。そこまで高くないんです。

「とりあえず、町に戻る理由はわかりました」

俺は照《て》れ隠《かく》しに話題を変える。

「うん。俺としても断る理由はありません。というか、素材を売るのも大変なんですね」

「銀月にカネがあれば買い取ってもらえたんだけどな。ま、辺境じゃよく聞く話だ」

ライヤーさんは、なんでもないとばかりに笑う。

銀月がちゃんと運営されていたら、ライヤーさんたちもいらぬ苦労を背負うことはなかったのにな。

これは何としても新たな冒険者ギルドをニノリッチに置いてもらい、冒険者をしっかりとサポートしてもらいたいものだ。

でもいまは――

「ライヤーさん」

「なんだあんちゃん？」

「マーダーグリズリーの素材、俺が運びましょうか？」

命懸《いのちが》けで俺を逃がそうとしてくれた、蒼い閃光のみなさんに恩返しといきますか。

「あんちゃんが？　ぷっ……だっはっは！　急に面白《おもしろ》いこと言うなよ。でも、ありがとよ。

あんちゃんの気持ちは嬉しいが……ちぃと腕《うで》が細すぎるかな？」

「それは言わないでくださいよ。ちょっと気にしてんですから」

「だははっ、悪《わり》ぃ悪ぃ」

「確かに力はありません。でも俺《おれ》、実はみなさんに黙《だま》ってたことがあるんです。見ててください」

そう言うと俺は後ろを振り返り、残されたクマのお肉に近づいていき、

「えい。空間収納発動」

トータルで一〇〇〇キロ以上残っていたクマのお肉や素材を、空間収納であっさりとしまってみせる。

これには蒼い閃光の四人もただただ呆然《ぼうぜん》。

「……はにゃ？　へ？　え……シロウは、く、空間収納のスキル持ってたにゃ？」

「ええ、実は持ってました。ただレアなスキルなんで秘密にしてたんですよね。黙っててすみません」

「謝罪など不要ですよ。むしろ、商人として賢明《けんめい》な判断です。空間収納のスキルを持っていると、要《い》らぬ災厄《さいやく》を呼ぶことがありますからね」

「………ロルフの言う通り」

「そうだぜあんちゃん。謝《あやま》ることなんかねぇ。それにおれたちはあんちゃんに命を救われたようなもんだ。だからよ、蒼い閃光のリーダーとしてこれだけは言わせてくれ」

ライヤーさんは俺の前まで歩いてきて、深く頭を下げる。

「仲間の命を救ってくれて感謝する。本当にありがとう。あんちゃんはおれたちの命の恩人だ」

「シロウ殿、私からも感謝を」

「ボクも！　ありがとーシロウ！」

「…………シロウに感謝。この恩は忘れない」

全員が頭を下げてくるもんだから、俺は慌《あわ》ててしまう。

「ちょっ、わか――わかりました！　わかりましたからもう頭をあげてください！」

「お、そうか」

ライヤーさんがさっと頭の位置を戻す。

冒険者だけあって切《き》り替《か》えが早いな。

「そんじゃあんちゃん、悪いがマーダーグリズリーの素材を任せていいか？」

「ええ。任されました」

「いや～、あんちゃんが空間収納持ちだったなんて助かるぜー」

みんなからマーダーグリズリーの素材を受け取り、まとめて空間収納へとしまう。

「じゃあ、ニノリッチに帰りましょうか？」

そんな俺の言葉に、ライヤーさんは「だははっ」と笑う。

「なに言ってんだあんちゃん。空間収納でクマ公の素材を運べんなら、薬草探すに決まってるだろ。なあ？」

これに残りの三人が頷く。

予期せぬハプニングも何のその。

けっきょく俺の冒険者体験は、翌々日の夕方まで続くのでした。

◇◆◇◆◇

森を抜けてニノリッチの町に戻った俺たち。

帰ってこられたことに安堵《あんど》していると、

「あっ！　シロウお兄ちゃん！」

なんということでしょう。

町の入口でアイナちゃんが待っていたではありませんか。

アイナちゃんは俺を見つけると、座《すわ》っていた丸太から立ち上がった。

たたた、と駆《か》け寄《よ》ってきて、俺の一歩前で止まる。

そして俺を見あげ、

「おかえりなさい、シロウお兄ちゃん」

「ただいま、アイナちゃん」

「……えへへ」

アイナちゃんが嬉《うれ》しそうに俺の手を握った。

どうやら手を繋《つな》ぎたいみたいだ。

「ん、あんちゃんの娘《むすめ》か？」

手を繋ぐ俺たちを見て、ライヤーさんが訊いてきた。

その後ろではキルファさんが、「ボクのこと『かわいい』って言ってたのに子供がいるにゃんてー」とか言いながら、わざとらしくよよよと崩《くず》れ落《お》ちていく。

こらこら。アイナちゃんが戸惑《とまど》っちゃうでしょうに。

「やだなー、娘じゃないですよ。この子はアイナちゃん。うちのお店を手伝ってくれてる子です」

「そうだったのか。変なこと言って悪かったな」

ライヤーさんはそう言うと、しゃがんでアイナちゃんと目線を合わす。

「おれは冒険者のライヤー。あんちゃんの店にはこれから世話になると思うから、ヨロシクな嬢《じょう》ちゃん」

「うん。えと……あ！　おま――おまちしています！」

「だっはっは！　まだちっこいけど立派な商人だな。あんちゃん、大事にしてやれよ」

「もちろんですよ」

「おっし。銀月に戻ってエミィに報告。そんで依頼《いらい》達成だ。あんちゃん、もう少しだけ付き合ってくれ」

「はい。じゃあアイナちゃん、俺ちょっと冒険者ギルドに行ってくるから、アイナちゃんは先にお店で待っててくれるかな？」

「うん」

「んよっと、はい鍵《かぎ》」

俺はリュックから店の鍵を出し、アイナちゃんに手渡《てわた》す。

「お店で待ってるね、シロウお兄ちゃん」

アイナちゃんの背中を見送ったあと、

「あんちゃん行くぞー」

俺はライヤーさんたちと一緒に銀月へと向かうのだった。


「エミィ、戻ったぜ。あんちゃんからの依頼完了《かんりょう》だ」

蒼い閃光と一緒に、意気《いき》揚々《ようよう》と銀月に入っていく。

三日ぶりの冒険者ギルドだ。

そこには――


「お願いしますぅ！　おカネはもうちょっとだけ待ってくださぁい！」

見知らぬおじさんに、完璧《かんぺき》な土下座をキメるエミーユさんの姿があった。

……なにこれ？

第一〇話　銀月《ぎんげつ》の危機

「もう少しだけ……ら、来月にはなんとかしますからっ！」

土下座したまま懇願《こんがん》するエミーユさん。

「ありゃ素材商人だな」

ライヤーさんがボソッと言う。

「っていうと、あのおじさんが冒険者ギルドから素材を買い取る商人ですか？」

「ああ。何度か顔を見たことがあるから間違《まちが》いないぜ」

「なるほど」

土下座をキメられたおじさんは、素材を買い取る商人とのこと。

おじさんは腕を組み、土下座ってるエミーユさんを冷めた目で見下ろしている。

「来月来月とおっしゃいますがね、そもそも来月までこのギルドが存続している保証があるのですかな？」

「そ、それはぁ――」

「もう半年も返済を待ったんです。金貨一〇枚。今日こそ返してもらいますぞ」

「でもぉ、ちょっといまギルドがバタバタしてましてぇ……」

「そちらの都合など知りません。そもそもエミーユ嬢、貴女《あなた》と話していても意味がありませんでしたね。ギルドマスターのブロット氏はどこですか？　呼んできてください。私が直接話をします」

ぴしゃりと言い放つ素材商人のおじさん。

エミーユさんはここまでかと諦《あきら》め顔になる。

「…………げました」

「ん、いまなんと？」

「夜逃《よに》げしました」

「………………はぁ？」

「だからぁ、逃げちゃったんですよぅ、あのジジイ。ギルドのおカネ持ってドロンしちゃったんですぅ！」

「……」

おじさんはしばし呆然。

うんうん。わかるよその気持ち。

俺もカレンさんから話を聞いたときは、他人事《ひとごと》とはいえびっくりしたからね。

数秒の間を経て、おじさんはハッと我に返る。

「つまり……返せるカネがない、ということですかな?」

「は、はい。いまギルドには銅貨一枚だってないんですぅ」

「銅貨すら……ええいっ。おカネがなくてもモンスターの素材はありますよね? 貸付金の代わりにそれらをもらいましょうか。金貨一〇枚相当の素材を出してください!」

「それもないんですよぅ……」

「ウソをつくならもう少しましなウソをついてください。冒険者ギルドに素材がないなんてことは——」

「エミーユさんが言ってることは本当ですよ」

気づくと俺は二人の会話に割って入っていた。

だって事情を知る者としては、知らんぷりもできないじゃんね。

「……どなたですかな?」

「このギルドに依頼《いらい》を出した者です」

「ほう。このギルドに依頼を」

おじさんは俺を見定めるように目を細める。

「依頼人でしかない貴方が、なぜギルドの内情を知っているのですかな？」

答えたのはライヤーさんだった。

「そりゃ町の連中ならみんな知ってることだからだよ。『銀月にゃカネがない』ってな。この町じゃ有名な話だ。依頼をこなしても報酬《ほうしゅう》が払《はら》えないもんだからよ、ここに所属している連中は報酬の代わりに素材をみんな持ってっちまったんだよ。ありったけな」

「そんなことが……」

愕然《がくぜん》とするおじさん。

「申《もう》し遅《おく》れました。俺はこの町で商人をやっている士郎《しろう》といいます。よかったら話を聞かせてもらえませんか？　まあ、なにがあったかはだいたい想像できますけどね」

名を告げ、共感を示しつつそう訊いてみる。

ご同業《商人》だとわかったからか、おじさんの警戒心《けいかいしん》がいくらか弱まった。

「……いいでしょう。誤解をされ私の悪評を広められても困りますからな」

おじさんは夜逃げしたギルドマスターとは長い付き合いがある素材商人で、ゲラルドと名乗った。

一時期、運営資金が足りなくなった銀月に対し、ギルドホームを担保に金貨一〇枚を貸し付けていたそうだ。

なるほど。エミーユさんがカレンさんに金貨一〇枚貸してくれ、って頼《たの》み込んだのは借金が理由だったのか。

「返済期限はもう半年も前に過ぎているんです。半年ですぞ？」

お怒《いか》り気味にゲラルドさん。

「ふわぁーんっ。すみませぇん！」

「カネもなければ素材もない、あるのは土下座する兎獣人《うさぎじゅうじん》だけというわけですか。なんなんですかこのギルドは！　私をバカにしているんですかっ」

「ごめんなさいですぅ！」

「謝罪など結構！　代わりにここの権利書を頂きましょうか。これを見てください」

おじさんが懐《ふところ》から一枚の羊皮紙を取り出す。

「これは、このギルドホームが金貨一〇枚の担保になっていることを示す契約書《けいやくしょ》です。所有者であるブロット氏のサインもここに書かれています。わかりますか？　金貨一〇枚を返して貰《もら》えない以上、このギルドホームは私の所有物になるんです」

「っ……」

エミーユさんが言葉に詰まる。

恐《おそ》れていた事態が起こってしまったって顔だ。

「辺境の町とはいえ、このギルドホームは土地含《ふく》めかなりの広さがあります。売れば多少は借金の足しになるでしょう。長い付き合いだからと信頼《しんらい》して貸したのに……。こんな辺境に来るのだって、タダではないんですからね？　まったく、関所を通るのにいくら払ったと思っているんですか。さあエミーユ嬢、ここの権利書を持ってきなさい」

「うぅ……権利書だけは許してくださいよぅ」

「貴女に拒否《きょひ》する権利はありません。それに貴女だってブロット氏に見捨てられたのでしょう？　このギルドと一緒《いっしょ》に」

「っ……」

「私には貴女がなぜそこまでブロット氏に義理立てしているのか理解できませんね。行《い》き詰《づ》まったギルドなど放り出《だ》し、新たな職を探したほうがよっぽど建設的ではありませんか」

エミーユさんとはじめて会ったときに、俺がした質問と似ている。

あのときのエミーユさんは、『乙女心《おとめごころ》』なんてとぼけていたけど……こんなシリアスな状況《じょうきょう》だ。

俺のときと違《ちが》ってごまかしなんか通用しない。

数秒の迷いのあと、

「そんなの……思い出の詰まった場所を失いたくないからに決まってるじゃないですか

あ」

エミーユさんは、胸に秘《ひ》めていた想《おも》いを吐露《とろ》しはじめた。

声がかすれているのは、泣くのを堪《こら》えているからか。

「思い出の場所？　エミーユ嬢、貴女はそんな感傷的な理由で私に権利書を渡《わた》したくないと？」

「アタシだってあのクソオヤジは嫌《きら》いでしたよぅ。でも……ここは兎獣人のアタシがやっと見つけた場所なんです。獣人ってだけで蔑《さげす》まれてきたアタシが、はじめて見つけた居場所なんですよぅ。ずっとここで働いてきたんです。楽しいことも……辛《つら》いこともいっぱいあったけど、やっぱり楽しいことの方がちょっとだけと多くて。だから……ここが——このギルドが好きなんですよぅ。失《な》くしたくないんですよぅ」


——このギルドが好きだから。


質問の答えは、とてもシンプルなものだった。

「……この場所が好き、か」

俺にはその気持ちがわかってしまった。

ばーちゃんが行方不明《ゆくえ》になった数年後、両親が残った家をどうするか話し合っていた。

親戚《しんせき》一同が集まり、家ごと売り払《う》おうって話がまとまりかけたところで俺が大反対したのだ。当時はまだ親に養ってもらっていた学生だったってのに。

俺は両親に向かって土下座をして、ばーちゃんとの思い出が詰まった家を売らないでくれと頼んだ。必死になって頼んだ。

その甲斐《かい》あってかばーちゃんの家は残り、いまは俺が住んでいる。

だからエミーユさんの気持ちが、俺には痛いほどわかってしまったのだ。

「貴女の都合など私には関係ありません。さあ、はやく権利書を持ってくるのです」

「…………わかりましたよぅ」

現実は非常だ。どうにもならないことも多い。

エミーユさんはゆっくりと立ち上がると、重い足取りでカウンターの奥《おく》へと消える。

そして戻ってきたときには、手に書類を持っていた。

「これです……」

エミーユさんは目に涙《なみだ》をため、書類の束を素材商のおじさんに渡そうとして――

「あー、もうっ！　しょうがないな。ちょっと失礼しますよ。エミーユさん、書類の受《う》け渡しは少しだけ待ってください」

「お兄さん……？」

不思議そうな顔をするエミーユさんをそのままに、俺は一度外へと出る。

あたりに人がいないことを確認《かくにん》し、空間収納《くうかんしゅうのう》からマーダーグリズリーの素材ワンセットを取り出す。

毛皮をはじめとした、価値が高い素材を持てるだけ持って中に戻る。

「エミーユさん、この毛皮とか牙とか爪とかをギルドで買い取ってもらえませんか？」

俺が抱《かか》える素材を見て、「はぇ？」とエミーユさん。

その隣《となり》では、ゲラルドさんが信じられないと言わんばかりの顔でマーダーグリズリーの毛皮を見ている。

「そ、そんな……これはまさか……マーダーグリズリーの？」

「ええ。マーダーグリズリーから剥ぎ取った素材です」

「しかもこの色は亜種《あしゅ》……。か、買います！　シロウさん、そのマーダーグリズリーの素材を私に売ってはくれませんか？」

「すみませんゲラルドさん。せっかくの申し出ですが、この素材は銀月に買い取ってもらいたいんですよね」

俺はエミーユさんに向き直る。

「ということです。エミーユさん、買い取ってくれますか？」

「ほぇ？　お兄さんなにを言って……。だってギルドにはおカネが……」

「このギルドに買取資金がないことは知っています。だから――」

俺はちょっとだけカッコつける。

「おカネは都合がついたときで構いませんよ」

「……お兄さん」

意図が通じたのか、エミーユさんの目がうるうるしはじめた。

「じゃ、そゆことなので。都合がついたら教えてくださいね。おカネを受け取りにくるんで」

「え、エミーユ嬢！　その素材は全《すべ》て私に買い取らせてください！　金貨一五――いや、金貨一六枚出しますぞ！」

こんどはゲラルドさんが慌てる番だった。

ゲラルドさんは懐から金貨を取り出し、カウンターにどんと置く。

エミーユさんはぐしぐしと目元を拭《ぬぐ》いながら、

「金貨一八枚ですぅ」

と言った。

意趣《いしゅ》返しのつもりなんだろうけど、しっかりしてるよね。

「くっ……な、ならそれで構いませんぞ！」

ゲラルドさんは金貨を八枚取り出す。

「このギルドに貸し付けていた一〇枚を差し引いて、残りは八枚。買取金額はこれでよろしいですな？」

「もちろんですぅ」

エミーユさんが金貨を受け取る。

ギルドホーム《この場所》を守れたのが嬉しいのか、安堵の表情を浮《う》かべていた。

「ったく、あんちゃん人が好《よ》すぎるぜ。そんなカッコイイとこ見せられちゃよ、おれたちも黙ってられねぇぞ」

やれやれとばかりにライヤーさん。

「なあエミィ、おれらもマーダーグリズリーの素材を持ってんだ。買い取ってくれるか？」

言われたエミーユさんは、隣のゲラルドさんをチラリ。

ゲラルドさんは無言で頷《うなず》く。

「買い取らせていただきますぅ！」

「よっしゃ。いま持ってくる。あんちゃん、運ぶの手ぇ貸してくれ」

「はい」

一度外へ出てマーダーグリズリーの素材を取り出し、再び中へ。

「おれはあんちゃんみたく都合がいいときだなんて言わないぞ。エミィ、カネはいま払ってもらうぜ」

「わかってますよぅ」

エミーユさんはライヤーさんから受け取った素材を、金貨二〇枚でゲラルドさんに売った。

俺より買取金額が金貨二枚分多いのは、マーダーベアのタマタマ――キルファさんの言葉を借りるなら、『キンタマ』の分が上乗せされたからだ。

ギルドの取り分は二割が基本なので、ライヤーさんは金貨一六枚を受け取った。

「ウオッホン。……では私はこれで失礼しますかね。まさかマーダーグリズリーの素材を買い取れるとは思ってもみませんでしたぞ。エミーユ嬢、シロウさん、冒険者《ぼうけんしゃ》の方々も。次も素晴《すば》らしい取引ができることを期待しておりますぞ」

そう言ってゲラルドさんはギルドから出ていった。

エミーユさんが小さくガッツポーズする。

次もということは、ゲラルドさんはまたここに――銀月にくると言ったのだ。

それはつまり、銀月が存続することを願っての言葉だ。エミーユさんにはそれがすっごく嬉しかったのだろう。

「お兄さん……それに蒼い閃光《せんこう》のみんな……ありがとうございましたぁ！」

「礼ならあんちゃんに言いな。おれたちは冒険者としてギルドと当たり前の取引をしただけだ」

「…………そう。わたしたちは冒険者として素材を売っただけ」

「そうにゃそうにゃ」

「私たちはシロウ殿《どの》と違い義務を果たしただけですからね。称賛《しょうさん》されるべきはシロウ殿でしょう」

「それでも……アタシは嬉しいんですよぅ。ありがとうなんですよぅ」

「やめろやめろ。らしくないぜエミィ。それよりよ、依頼完了の手続きを頼むぜ」

「はいですっ…………え？　い、いまですか？」

「おう。もともとそのつもりでここに顔出したわけだしな。さっさとやっちまおうぜ」

さっきまでニコニコしていたエミーユさんの顔が、急に凍《こお》りつく。

「お、お兄さんもいっしょにですかぁ？」

「へ？　俺いちゃダメでした？」

「ダメです！　だってここは冒険者ギルドなんですよ？　もう用事が済んだお兄さんがいるのはどうかと思うんですよねぇ」

眉根《まゆね》を寄せて、しっしと犬猫《いぬねこ》を追《お》い払うようにエミーユさん。

まるで俺がここにいちゃ都合が悪いって感じだ。

「おいおいエミィ、あんちゃんはおれたちの依頼者《いらいしゃ》なんだ。いちゃ悪いってことはないだろ。それに護衛依頼だぜ？　あんちゃんが無事なとこ見せなきゃよ、依頼を達成できたかわからないじゃねぇか」

「そ、それはそうですけどぉ……。もうお兄さんが無事なのは確認しましたし、いいかなーって……ねぇ？」

俺の顔を見て、なぜかソワソワするエミーユさん。

いったいどうしたんだろ？

「だろ？　ってことで見ての通りあんちゃんはピンピンしてる。おれたちが守ってたから傷一つついちゃいない」

「うんうん。ずっこけてヒザを擦《す》りむいてたぐらいにゃ」

「…………キルファ、そういうことは査定に響《ひび》くから言わない。それに転んだのはシロウの自業自得《じごうじとく》」

「あはは、あのときは回復魔法《まほう》ありがとうございましたロルフさん」

「仲間の傷を治癒《ちゆ》するのは当然のことですから、礼など不要ですよ」

さらっと言ってるけど、『仲間』って言われて嬉しい俺がいる。

「そーゆーわけだエミィ。報酬の支払《しはら》い手続きをしてくれ」

ライヤーさんが催促《さいそく》する。

しかし、頼まれたエミーユさんは渋《しぶ》い顔。

「あー……うぅ………そ、それは……ねぇ」

なぜかカウンターの奥でウロウロと。

「……エミィ、まさかお前、あんちゃんから預かったおれたちの報酬に手をつけちゃいないだろうな？　そんなことされたら、いくらお前と腐れ縁《えん》のおれたちでも銀月《ここ》を出ていくぞ？」

「ししし、してないですよそんなこと！　ほ、報酬はちゃんとありますぅ！」

「ならさっさと払ってくれ。三日間で銀貨三〇枚。耳揃《そろ》えて用意しな」

「え？　三〇枚？」

「なんだあんちゃん？　いまさら安くしてくれってのはナシだぜ」

「いえ、そうではなくてですね……」

俺はエミーユさんにジト目を向ける。

エミーユさんさんは顔をささっと背《そむ》ける。

「ぁん？　どうしたんだあんちゃん？」

「俺、エミーユさんに依頼料《いらいりょう》として銀貨一〇〇枚渡しているんですよね。なのに三〇枚が報酬ってことは……残りの七〇枚が手数料、つまりギルドの取り分ということですか？」

「「「「……」」」」

蒼《あお》い閃光の四人が絶句し、無言のままエミーユさんを睨《にら》みつける。

エミーユさんは右往左往。

この場をなんとか取《と》り繕《つくろ》おうとしてるみたいだけど、上手《うま》い言葉が出てこないんだろうな。

立ったり座ったり、手を伸《の》ばしたり引っ込めたりと、挙動不審《きょどうふしん》が極《きわ》まり珍妙《ちんみょう》な踊《おど》りを踊っていた。

「おいエミィ！　どういうことかおれたちに説明しろーーー!!」

「ふえええぇぇぇーーーーん！　ごめんなさいですぅぅぅ!!」

「こんどというこんどは許さねぇ！」

「だってお兄さんが銀貨一〇〇枚だすってゆーからぁ！　ゆーからぁっ!!」

「…………このウサギ、焼却《しょうきゃく》する」

「んちょっ、ネスカ！　待って！　待ってくださいぃ！　まほーはやめてぇぇぇ！」

「ボクもちょっと頭にきたにゃ。こう……カチンって」

「神は言っております。この者に裁きを与《あた》えるべきだと」

「ぎゃぼぉぉぉぉぉーーーーーー‼　もうしませぇぇぇぇぇん！」

「…………赦《ゆる》さない。断罪する」

このあと、蒼い閃光の四人によってエミーユさんは見るに堪《た》えない姿へと変わった。

アイナちゃんを連れてこなくてよかった。

その光景を眺《なが》めながら、俺は心底そう思うのだった。

第一一話　ただいまとかおかえりとか

『蒼い閃光』の四人と別れた俺は、やっとお店に帰ることができた。

二日半空けただけなのに、ひどく懐《なつ》かしい感じがする。

きっと、それだけこの場所に思い入れを持ちはじめているんだろうな。

「戻《もど》ったよー」

中にはいると、さっそくアイナちゃんが出迎《でむか》えてくれた。

「おかえりなさいっ」

お掃除《そうじ》の手を止め、駆け寄ってくる。

「あはは、こんどこそ本当にただいま」

カウンターの奥にある椅子に座り、一息つく。

「シロウお兄ちゃん、ぼーけんしゃのまねっこどうだった？」

「んー、凄《すご》い体験だったよ。聞きたい？」

「ん！　聞きたい！」

「よーし。なら話してあげよう。俺たちは森で――――……」

俺は森での出来事を、盛りに盛って面白《おもしろ》おかしくアイナちゃんに話す。

「それでネスカさんがね――……」

「うわー。すごーい」

「そしたら急にさ――……」

「それでそれで？」

アイナちゃんは真剣《しんけん》な顔で聞き入り、ころころと表情を変える。

「――とまあ、濃《こ》い三日間だったよ」

「っぷはぁー。アイナ息とまっちゃうかと思った。マーダーグリズリーをやっつけるなんて、シロウお兄ちゃんってすごいんだね！」

「いやいや、倒《たお》したのは『蒼い閃光』のみんなだよ。俺はただちょっと援護《えんご》しただけ」

「えー？　アイナ、シロウお兄ちゃんがいなかったらぜんめつしてたと思うなー」

「あはは、それみんなも言ってたな。でもホント、こーんなでっかいクマが出たときは焦《あせ》ったけど、なんとか無事に戻ってこられたよ。それに冒険者が欲《ほ》しがりそうなアイテムもわかったし……うん。冒険者体験してよかったな」

「よかったね、シロウお兄ちゃん」

にこにこ笑うアイナちゃんに、俺もにこにこしながら頷く。

「ああ」

視察の人が来るまで、あと何日もない。

あまり時間はないけれど、ホームセンターとネットショップを使えば十分に揃えられるだろう。

「そうと決まればいったん家に帰って――」

椅子《いす》から立ち上がり、一度ばーちゃんの家に帰ろうかなと思ったタイミングで、

――ドンドンドンッ!!

――ドンドンドンッ!!

入口の扉《とびら》を激しくノックされた。

「シロウ！　わたしだ。カレンだ！　いるかっ？」

ノックの主はカレンさん。

かなり慌ててる様子だけど、いったい何事だろう？

鍵を外し、扉を開ける。

「どうしたんですかカレン――うぷっ」

開けるやいなや、カレンさんが思い切り抱《だ》きついてきたじゃありませんか。

「シロウ無事か⁉　君が同行していた冒険者から森でマーダーグリズリーに遭遇《そうぐう》したと聞いたぞ。痛いところはないかっ？　怪我《けが》してないかっ？　大丈夫《だいじょうぶ》かっ？」

とカレンさん。

ああ、なるほど。蒼い閃光の誰《だれ》かから、マーダーグリズリーと一戦交えた話を聞いたのか。

それで俺《おれ》を心配して飛んで来たんだな。

冒険者体験をしたいって言い出したのは俺なのに、カレンさんはその切《き》っ掛《か》けを作ってしまったのは自分だとでも思っているんだろう。

ホント、責任感が強い人なんだから。

「わたしが頼んだばかりに……すまない！　本当にすまない‼　怪我は――怪我はしてないか⁉」

泣きそうな声で訊《き》いてくるカレンさん。

普段《ふだん》のクールな佇《たたず》まいからは想像もできない慌《あわ》てっぷりだ。

だが、いかんせん俺はカレンさんに全力で抱きしめられたまま。

特に俺の顔なんかカレンさんのお胸に埋《うず》められているので、喋《しゃべ》ろうにも「フガフガ」としか声を出せないでいる。

「ん、どうした？　声が出せないのか？　まさか——喉《のど》を潰《つぶ》されたのかっ⁉　待ってろ。いま薬師のところに連れて行ってやる！」

現在進行形で喉を潰してるのは貴女です。

このままでは色々とヤバイ。

具体的には呼吸ができなくてヤバイ。

「カレンお姉ちゃん、シロウお兄ちゃんが息できないよ。はなしてあげてっ」

「ん？　アイナ、君もいたのか」

アイナちゃんに気を取られたからか、ホールドの力が僅《わず》かに緩《ゆる》む。

いまだ！

俺はカレンさんの肩《かた》を掴《つか》み、豊かなお胸からふんぬと顔を引《ひ》っこ抜《ぬ》くことに成功。

生死の境から無事生還《せいかん》を果たす。

「——っぷはぁ。……やっと顔出せた」

「よかった。喋れるんだなシロウ」

カレンさんがほっとした顔をする。

「安心してください。喉は潰されていませんし、そもそもどこも怪我していませんよ。蒼い閃光のみなさんが俺を護《まも》ってくれましたからね」

「しかし蒼い閃光とやらのリーダーからは、マーダーグリズリーとの戦闘《せんとう》で君が先陣《せんじん》を切ったと聞いたぞ？」

……。

……あれ？

ライヤーさん、いったいカレンさんに何言ったんですか。

そりゃクマ撃退《げきたい》スプレーは使ったけど……うーん。冒険者基準だとあれも戦ったうちに入るのかな？　でもカレンさんを見る限り、かなり話を盛っていそうだ。

「俺自身は戦ったつもりはないんですけどね。ただちょっとマーダーグリズリーに効くアイテムを使って、蒼い閃光をサポートしただけです」

「本当にそれだけか？」

「はい。遠くからアイテムを使っただけで、直接戦闘はしていませんから」

「…………よかった」

突然《とつぜん》、カレンさんが床《ゆか》にへたり込む。

安心して気が抜けたみたいだ。

「わたしは君のことがずっと気がかりだったんだ。そこに町を歩いていた冒険者から、君がマーダーグリズリーを相手に孤軍奮闘《こぐんふんとう》したと聞いてな。マーダーグリズリーは恐ろしいモンスターと伝え聞く。熟練の冒険者でも歯がたたないほど強く、勝つことはおろか逃げることさえ難しいと。だからわたしはてっきり君が……」

やっぱり話を盛ってたみたいだ。

どうやら話を盛ったのは、俺だけじゃなかったってことらしい。

「心配させたみたいですみません」

「いや、こちらこそ早合点《はやがてん》してすまない。それよりも……」

へたり込んだままのカレンさんが、すっと右手を伸ばしてくる。

「どうやら腰《こし》が抜けてしまったらしい。立つのを手伝ってくれないか？」

俺はカレンさんの手を握《にぎ》り、助け起こす。

それでも腰はまだ抜けっぱなしだったので、しばらく肩を貸すことになるのでした。

◇◆◇◆◇

「それでどうだったシロウ。冒険者に同行することで得るものはあったかな?」

椅子に座《すわ》ったカレンさんは、肩を借りてた気まずさを誤魔化《ごまか》すかのように話題を変えてきた。

「ええ。たくさんありました。仕入れが間に合いさえすれば、きっと視察に来た人もうちの店に並んでる商品にびっくりすると思いますよ」

俺の言葉に、カレンさんが含みのある笑《え》みを浮かべた。

そして俺の耳元に口を近づけ、

「フフ。『仕入れが間に合えば』か。隠《かく》さなくていい。君は収納スキル、もしくは収納アイテムを所有しているんだろう?」

と小声で言ってきた。

耳元に口を寄せたのは、アイナちゃんに聞かれないためか。

不覚にも俺は、核心《かくしん》を突《つ》いたその言葉にドキリとしてしまった。

「ナ、ナンノコトデショウ」

「ふぅ。君は嘘《うそ》がつけない男のようだな。そこは君の美徳だとは思うが、商人としてはどうかと思うぞ」

「……」

正論にぐぅの音も出ないぜ。

「勘違《かんちが》いしないでくれ。別に君をどうこうしたいわけではない。収納スキルやアイテム持ちは確かに珍《めずら》しいが、これまでにも数人会ったことがあるのでね。そしてわたしは、君をひと目見たときから、彼《かれ》らと同じ匂《にお》いを感じていたんだ」

「匂い、ですか？」

「そうだ。直感と言ってもいいだろう。それで……どうなのかな？　わたしの直感は当たっているだろうか？」

俺は降参とばかりに手をあげる。

「大正解です。俺は収納スキルを持っています」

「やはりそうだったか。君がこんな辺境のどこからあんなにも大量のマッチを仕入れていたのか不思議だったが……ふむ。なんてことはない。最初から大量に保有していたのだな」

「あれ？　その言い方だと直感ていうのは……？」

カレンさんは、にやっと笑いこう言った。

「嘘だよ」

「ええーーー!?」

思わず大きな声が出てしまった。

おかげでアイナちゃんが心配そうな顔でこっちを見ているぞ。

「シロウお兄ちゃん……どうかした？」

「ああ、ビックリさせちゃってごめんね。なんでもないよ」

「ん」

俺は再びカレンさんに向き直り、ちょっとだけ拗《す》ねた顔をする。

「ウソだったんですか？」

「ふふふ。駆《か》け引きの練習になったかな？　君の今後を慮《おもんぱか》ってのことだ。そう怒《おこ》らないでほしい」

「別に怒ってませんけど……そっか、俺はもっと駆け引きを身につけないとダメなんだな」

商人になるということは、化かし合い騙《だま》し合いでもある。

ばーちゃんにも、俺は人の話をすぐ信じちゃうところがあるから気をつけるんだぞ、ってよく言われてたしな。

「そういうことだ。取引相手が必ずしも誠実とは限らない。場合によっては駆け引きが必要になることもある。君はそのことを頭の片隅《かたすみ》にでもいいから留《とど》めておくといい」

「……がんばります」

不貞腐《ふてくさ》れたフリをしてそう言うと、カレンさんは楽しそうにカラカラと笑った。

「さて、それでは話を戻そうか」

カレンさんは咳払《せきばら》いを一つ。

きりりと真面目《まじめ》な顔になる。

「いま現在君が所有している商品の中に、視察の者が――冒険者が欲しがるようなアイテムがあるんだな？」

「はい。自信はあります」

「フフ。ずいぶんとハッキリ言うのだな。だが心強い。君と出逢《であ》えた幸運を神に感謝しなければな。もちろん、君自身にも」

「やだなー、大げさですよ」

俺とカレンさんは二人で笑い合う。

「ところでシロウ、いったいどんな物を店に並べるつもりなんだ？　いや、商人である君を探《さぐ》るわけではないのだが、よかったら少し見せてはもらえないだろうか？」

「アイナも！　アイナも見たい！」

カレンさんの言葉を聞き、アイナちゃんがたたたと駆け寄《よ》ってくる。

「別にいいですよ。俺が視察の方に見せようとしている物はですね……これらです！」

俺はリュックを広げ、蒼い閃光のみんなに好評だったアイテムを取り出していく。

「これはお湯さえあればどこでも食べられる保存食です。あとで一緒に食べてみましょう。こっちは『サバイバルシート』といって、毛布の代わりになる耐寒《たいかん》アイテムですね。そしてこのくるくる丸められているのは折りたたみ水筒《すいとう》といいます。持ってみてください。とても軽いでしょう？　こう見えて冒険者が常備している水袋《みずぶくろ》よりもずっと水が入るんですよ」

一つひとつ説明しながらカウンターに置いていく。

どれも冒険者体験で使うかもと、密《ひそ》かに用意していた物だ。

何に使うかわからないアイナちゃんは、きょとんとした顔で首を傾《かし》げるだけ。

だけど並んでいるアウトドアグッズが、どんなに便利な物かを察したカレンさんは目を見開いて、

「こんなアイテムが存在していたのか……」

と真顔で呟《つぶや》くのでした。

◇◆◇◆◇

カレンさんの話では、冒険者ギルドの視察の人が隣町《となりまち》に着いたらしい。『らしい』とい

うのは、情報源が伝書鳩《でんしょばと》だったからだ。

隣町までの距離《きょり》は、馬車で二日ほどとのこと。

お手紙を運んできた鳩の移動時間を計算に入れると、早ければ明日。

遅《おそ》くとも明後日《あさって》には視察の人が到着《とうちゃく》するんだとか。

「シロウお兄ちゃん、きょうもお客さんいっぱいだったね」

「うん。ありがたいことだよ」

店舗《てんぽ》を持った俺は、マッチの他《ほか》にも商品を並べるようになった。

といっても、爪楊枝《つまようじ》や雑巾《ぞうきん》、ホウキやちり取りなどの、ちょっとだけ生活が楽になるアイテムがメインだけどね。

それでも家を守る奥様方《おくさまがた》からは好評で、並べても並べてもすぐに売れていった。

そんなわけで、本日の営業も無事　終了《しゅうりょう》。

俺とアイナちゃんは、陳列棚《ちんれつだな》に視察の人用のアイテムを並べている真っ最中だ。

「シロウお兄ちゃん、このアイテムはこっちでいい？」

「うん。いいよ」

「アイナね、これキラキラしてきれーだからね、こっちにならべるのがいいと思うんだけど……シロウお兄ちゃんどう思う？」

「おー、アイナちゃんの言う通りだね。確かにそこに置いてある方が手に取ってもらえそうだ。うん、そこに置いてもらえるかな」

「はーい」

自分で店舗を持ってわかったことが、二つある。

一つは商品の陳列《ちんれつ》にもセンスが必要だということと、もう一つが俺にはそのセンスが絶望的になかったということだ。

しかし、神は俺を見捨てはしなかった。

まるで俺の弱点を補うかのように、アイナちゃんが抜群《ばつぐん》の陳列センスを見せてくれたのだ。

アイナちゃんが商品を並べると、陳列棚が見やすく美しくなる。まるで魔法みたいだった。

「はいアイナちゃん、これも並べてもらえる?」

「うん」

俺は空間収納《くうかんしゅうのう》から取り出したアイテムを、アイナちゃんに手渡《てわた》す。

けっきょく、俺は空間収納のスキルを持っていることをアイナちゃんにも打ち明けた。

お店を手伝ってくれるアイナちゃんは、知っていた方がいいと思ったからだ。

「シロウお兄ちゃん、アイテムならべおわったよ」

「ありがとうアイナちゃん。お疲《つか》れさま」

商品を陳列し終えたタイミングで、

「よっす！　調子はどうだあんちゃん」

ライヤーさんが店に入ってきた。

隣にはネスカさんもいる。

リア充《じゅう》カップルのご登場だ。

「こんにちはライヤーさん。ネスカさんも。調子はボチボチってとこですかねー」

「…………シロウのお店、繁盛《はんじょう》してる」

「おかげさまで」

マーダーグリズリーのときに、ライヤーさんはネスカさんへの想《おも》いを告げた。

あの後どんなやり取りがあったかは知らないけど、どうやら二人はお付き合いをはじめたそうだ。

ホント、末永く爆発《ばくはつ》すればいいのにな。

「おう。知ってるかあんちゃん？　エミィから聞いたんだけどよ、この町にどっかの冒険者ギルドからお偉《えら》いさんが来るって話だぜ」

「お、ライヤーさん耳が早いですね」

「そりゃおれたち冒険者は生活がかかってるからな……って、なんだその反応？　さてはあんちゃん知ってたな？」

「ええ。実は町長から直接聞いてました」

「町長から直接ねぇ。腕《うで》っこきの商人さまは違《ちが》うな」

「だから腕利《うでき》きじゃないですって。実はですね――……」

俺はライヤーさんとネスカさんに事情を説明。

カレンさんに頼《たの》まれて、視察に来た人の心にグッとくるアイテムを用意していることを話す。

「――という経緯《けいい》です」

「ほぉ。ってことはアレか。ニノリッチの町には冒険者向けのアイテムが――それもとびきり凄いアイテムを売ってるぞ、ってアピールするのが狙《ねら》いか」

「鋭《するど》いですね。まさにいま視察の方の印象を良くしようと、冒険者向けのアイテムを並べていたところです」

「なるほどなぁ」

ライヤーさんが陳列棚を見回し、大きく頷く。

「あんちゃんが売ってるアイテムはどれも冒険《ぼうけん》の役に立つ。おれたちが保証するぜ」

「ありがとうございます」

「しっかし、あんちゃんに頼むなんて町長も本気ってこったな。ま、銀月《ぎんげつ》があんなザマじゃ、何も手を打たないわけがないか。あのねーちゃん、町長としちゃかなり上等な部類だからな」

「…………同意。辺境では貨幣《かへい》より物々交換《ぶつぶつこうかん》のほうが多い。……でもこの町はちゃんと貨幣で成り立っている。……これは凄いこと」

「へえ。そうなんですね」

「ああ。辺境だってのにここまで人がいる町は珍しいんだぜ」

ニノリッチの人口は五〇〇〇人。

この数は辺境としては珍しい部類に入るらしい。

「ふむふむ。なら冒険者ギルドも置いてもらえますかね？」

「そればっかはわからねぇな。ここの森にゃいろんなモンスターがいるし、薬になるキノコや薬草が豊富だからよ、普通《ふつう》に考えりゃギルドの二つや三つあってもいいんだけどなぁ」

ライヤーさんは続ける。

「そうすりゃ、いつでも銀月から所属を移せるんだけどな。だはははははっ」

「エミーユさんが聞いたら涙《なみだ》しそうなことを、さらっと言いますね」

「あたり前だろ。おれは冒険者だぜ？」

隣《となり》のネスカさんが頷く。

「……ギルドを変えるのは冒険者によくある話」

「へぇえ。そのへんはシビアなんですね」

「あんちゃんが優《やさ》しすぎるだけさ。ま、冒険者のおれたちとしちゃ、いいギルドが置かれることを祈《いの》るばかりだな」

「……冒険者ギルドにも組織として優劣《ゆうれつ》がある。どこのギルドが視察に来るかは知らないけど、まともなところであることを祈る」

「えと……『まともなところであることを祈る』ってことは、まともじゃないギルドもあるんですか？」

俺の質問に、ライヤーさんは当然だとばかりに頷く。

「そういうこった。悪名高き冒険者ギルドってーと、『悪魔《あくま》の三叉《さんさ》槍《やり》』や『毒竜《どくりゅう》の牙《きば》』あたりだな。でも、一番タチが悪いのは――」

「……『迷宮《めいきゅう》の略奪者《りゃくだつしゃ》』」

ライヤーさんの言葉を、ネスカさんが引き継《つ》ぐ。

示し合うことなく言えるってことは、それだけ悪い意味で有名ということだ。

「タチが悪い……ですか」

「そうだ。『迷宮の略奪者』はな、この国ん中じゃ三番目にでっかい冒険者ギルドなんだけどよ、噂《うわさ》じゃかなりあくどいことをしてるらしーぞ」

「そういえばカレンさんが冒険者ギルドの名前を言っていたような……。なんて言ってたっけな〜。うーん……」

腕を組みカレンさんとの会話を思い出そうとしていると、アイナちゃんが「あっ！」と声をあげた。

「町長さんね、たしか『めいきゅーのりゃくだつしゃ』っていってたよ」

「「……」」

アイナちゃんの発言に、大人チームが黙《だま》り込む。

「ライヤーさん」

「なんだ？」

「カレンさんは『迷宮の略奪者』の評判を知っているんですかね？」

「知らない、だろーな。そもそもギルドの評判なんざ冒険者《ぼうけんしゃ》でもなきゃ興味ないだろ。町長とはいえ、こんな辺境じゃあな」

「なるほど」

ＳＮＳどころか、電話すらない世界なんだ。

一部の界隈《かいわい》じゃ有名な話でも、それ以外ではまるで知られてない、なんてことはざらにあるのだろう。

視察にやってくるのは、最悪の冒険者ギルドだという。

カレンさん、がんばってくださいね。俺もできる限り協力しますから。

第一二話　悪徳ギルドとの交渉《こうしょう》

「シロウお兄ちゃん、しさつのひとこないね」

「うん。来ないねー」

遅くとも今日中には視察の人が町に来る、と聞いていたんだけど……。

「しさつのひと、道にまよっちゃったのかな？」

「隣町までは一本道らしいんだけどね。道草でも食ってるのかな？」

「早くくるといいね」

「そうだねー」

まるでやってくる気配がなかったのだ。

遅《おく》れている理由なんて、二つしか思いつかない。

アクシデントがあったか、もしくは視察の人が時間にルーズなだけかだ。

ライヤーさんたちの話を聞く限り、悪名高い冒険者ギルドって話だから、時間にルーズ説が有力だけどね。

すでに日は傾《かたむ》きはじめ、山の向こうに消えようとしている。

いつでも歓待《かんたい》できるようにと、昨日から町の入口で待機しているカレンさんが不憫《ふびん》でならないぞ。

「あ、かねのおとだ」

アイナちゃんが首を傾けて耳を澄《す》ます。

町の中心部から、「カラン、カラン、カラン」と鐘《かね》の音が聴《き》こえてきた。

この鐘は一日に何度か鳴り、住民に時刻を知らせるものなんだそうだ。

いま鳴っている鐘は、夕方を知らせるためのもの。つまり、もう日が落ちるから家に帰れというサインなのだ。

「こりゃ今日も来そうにないな。よし。上がっていいよアイナちゃん。今日もありがとう。お疲れさま」

「シロウお兄ちゃんもおつかれさまでした」

アイナちゃんはそう言い、にっこりと笑う。

「暗くなる前にお家《うち》に帰りな」

「うん。シロウお兄ちゃんは？」

「んー、視察の人がギリギリで到着するかもしれないし、俺はもうちょっとだけ残ってようかな」

「じゃあアイナものこるよ？」

「それはダメだよ。アイナちゃんのお母さんが心配しちゃうからね。でしょ？」

「……うん。わかった」

俺に諭《さと》され、こくりと頷《うなず》くアイナちゃん。

一度も訊いたことはないけど、アイナちゃんにとってお母さんはとても大切な存在なんだろう。

まだ八歳《さい》なのに働いているのだって、お母さんのためなんだろうしね。

「シロウお兄ちゃん、またあしたね」

アイナちゃんは、名残惜《なごりお》しそうな顔をして店から出ていく。

俺も見送るために店から出る。

「シロウおにーちゃーん。バイバーーーーイ！」

アイナちゃんは何度も何度も振《ふ》り返《かえ》っては、ぶんぶんと手を振っていた。

俺は負けてなるものかと振り返し、アイナちゃんの姿が見えなくなったあと店へと戻った。

結局、一時間たっても視察の人はやってこなかった。

太陽は沈《しず》み、街灯がないニノリッチの町は真っ暗。

その上酒場もないから辺りはしーんと静まりかえっている。

さすがにもういいか。

そう思い、店の扉に鍵《かぎ》をかけようと椅子から立ち上がったときのことだった。

「おじゃましますわ」

突然、小柄《こがら》な女性が店に入ってきた。

格好からして冒険者かな？　初めて見る顔だ。

「もし、『シロウの店』というのは、こちらのお店のことかしら？」

俺はそういえば店の名前決めてなかったなと思いつつも、「そうですよ」と答える。

女性はほっとしたような顔をした。

「よかった……。間に合いましたわ」

「見たところ冒険者の方のようですけど、何かお求めですか？」

お客の半分以上は冒険者。だもんだから、冒険者相手の接客にはもう慣れっこだった。

冒険者体験を経て、なんなら軽いジョークを交えた談笑《だんしょう》だってできちゃうぐらいだ。

「いえ、大したことではありませんの。知人からこちらのお店には、冒険者向けのアイテムが数多く揃《そろ》っていると教えていただきまして。どのようなアイテムがあるのかを見にきたのですわ」

「なるほど。そうでしたか」

「こんな遅い時間に押《お》しかけてしまい申し訳ありません。ご迷惑《めいわく》でなければ、こちらのお店にあるアイテムを拝見してもよろしいかしら？」

「どうぞどうぞ。俺のことは気にしないで好きなだけ見てってください。あ、アイテムについてわからないことがあったら何でも訊いてくださいね」

「ありがとうございます。では、お言葉に甘《あま》えさせていただきますわ」

女性が店内をぐるりと見渡《みわた》す。

陳列棚には冒険者向けのアイテム《商品》が並べられていて、アイナちゃんが書いてくれた手書きの説明書が貼《は》られている。

ちょっと説明したら誰でも使えるアイテムばかりだけど、こういった気遣《きづか》いが地味に好評だった。

「これが……噂の『まっち』というものかしら？」

「そうです。試《ため》してみますか？」

「お願いしますわ」

うちの主力商品マッチ。

いまじゃニノリッチの町どころか、隣町でも持っていない人を探す方が難しいとまで言われている。

「ここをこうして……はい。火がつきましたよ」

「……話には聞いておりましたが、この目で見ても信じられませんわ。わたくしにも試させていただけますかしら？」

「もちろんですよ。どうぞ」

女性がマッチをしゅっとして、ぼっと火がつく。

「…………すばらしいアイテムですわ」

感極《かんきわ》まったように言う女性。

次いで、陳列棚にあるアイテムに目をやる。

「こちらの銀色のものはなんですの？」

「ああ、それはですね」

俺はカウンターから、女性が指さしたアイテムのサンプルを引っ張り出す。

「これは『サバイバルシート』といって、持ち運びに便利な防寒アイテムです。いま広げますから見ててください」

そう言って俺は手に持っていたサバイバルシートを広げた。

サバイバルシートとは、薄《うす》いアルミで作られた保温シートのことだ。

体に巻き付けることによって体温を維持《いじ》し、お手軽に温めることができる。

実用性はバツグンで、もしものときに備えて荷物に加えている登山家も多い。

大きさは縦二一〇センチ。横一三〇センチで、しっかり折りたためばポケットに入るぐらい小さくなる。

これさえあれば、わざわざ毛布を持ち運ばなくて済むという、冒険者から大変ご好評いただいているアイテムだ。

そして先日、カレンさんに見せたときに、びっくりされたアイテムの一つだったりする。

「っ……!?　これが防寒アイテムなんですの?」

「見た目はちょっと派手ですけどね。説明するより体験してもらった方が早いです。これに包《くる》まってみてください」

「……はい」

女性がサバイバルシートに包まる。

すると、表情が驚《おどろ》きに変わっていった。

「凄《すご》いですわ。こんなに薄いのに、とても暖かい」

「でしょ？　このサバイバルシートがあれば、いままで毛布で占《し》めていた分を食料や水に変えることだってできるんですよ」

「店主様のおっしゃる通りですわ。このアイテムは冒険者にとって革新的ともいえますもの」

心底驚いたとばかりに頷く女性。

「そちらにあるアイテムはなんですの？」

「あ、それはですね――……」

アイナちゃんが帰ってから一時間。

店を閉めようとしたタイミングで冒険者の女性が来店し、更《さら》に二時間。

俺《おれ》は店にあるアイテムの全《すべ》てを、実演を交えて彼女《かのじょ》に説明した。

「ご説明感謝いたします。では、わたくしは少々急いでおりますので、これで失礼させていただきますわ」

頑張《がんば》って説明したんだけど、女性は驚くばかりで、結局なにも買わずに店から出ていってしまった。

俺は夜の闇《やみ》に消えていく女性を見送りながら、ぽつりと漏《も》らす。

「急いでるって、いったい何を急いでいたんだろう？」

◇◆◇◆◇

ついにその日がやってきた。

アイナちゃん情報では先ほど視察の人が町に到着し、いまはカレンさんが役場で接待中とのこと。

そのことを俺に伝え終えたアイナちゃんは、「アイナ役場をてーさつしてるねっ」と言い残し、またぴゅーっと走り去ってしまった。

最近、客として来たキルファさんが買い物ついでに『偵察任務《ていさつにんむ》』についてあれこれと話していたからか、真似《まね》してみたくなったのかもしれない。

「カレンさん、いまごろ誘致《ゆうち》しようと必死なんだろうな」

事前にカレンさんから聞いていた段取りはこうだ。

まず視察の人を役場へお招きし、森にいるモンスターの種類や生態、採取できる薬草や鉱物を説明。

町を案内してから市場を見て回り、そのまま俺の店でマッチをはじめとしたアイテムの数々を披露《ひろう》する。そして役場へ戻《もど》り、最後に支部を置いてくれるかの是非《ぜひ》を問うのだとか。

「いよいよ視察の人とご対面か。どんな人なんだろ？」

この胃にくるような独特の緊張感《きんちょう》。なんか、サラリーマン時代を思い出しちゃうよね。

大きな商談を前にしたときの緊張感が、毎回こんな感じだった。

まあ、あの会社じゃ商談が成功しても給料にはまるで反映されず、そのくせ失敗するとただでさえ少ないボーナスがもっと少なくなるっていう、社畜の心を削《けず》る鬼畜《きちく》仕様だったけどね。

今回、交渉しているのは町長のカレンさんで、俺はそれをお手伝いするだけの気楽な立場でしかない。

でも、俺はカレンさんに頼まれたのだ。

ここで応《こた》えなきゃ男じゃない。死んだばーちゃんもきっとそう言うに決まってる。

困っている人がいたら助けておやり、っていっつも言ってたからね。

「ばーちゃん、俺はやるぜ」

俺の店にあるアイテム《商品》を視察の人が気に入れば、支部を置いてもらえる可能性が高まるはず。

カレンさんも口には出さないけれど、俺に懸《か》けている部分は大きいと思うんだ。

評判の良くない冒険者ギルドらしいのが不安といえば不安だし、銀月《ぎんげつ》を盛り返そうとがんばるエミーユさんへの後ろめたさもあるっちゃある。

しかし、だ。

冒険者ギルドを『依頼者《いらいしゃ》への複合サービス業』と考えるならどうだ？

一個の業者《ギルド》に依存《いそん》するよりかは、複数の業者《ギルド》が入り乱れた方が競争原理が働き、サービスの質が高まるのではないだろうか？

この考えに至ったとき、俺はもう迷うのをやめた。

「ただ自分にできることをやるのみだ」

なにより、お世話になっているカレンさんに恩返しできるチャンスなのだ。

「やったるぞー！　オー!!」

そう一人で気合をいれていると、

「シロウお兄ちゃんっ」

息を切らしたアイナちゃんが店に戻ってきた。

はぁはぁと荒《あら》い息をつき、俺を見上げる顔は真剣《しんけん》そのもの。

「どうしたのアイナちゃん？　あっ！　まさか視察の人がもう来るとか？」

だとしたら予定より早いぞ。

髪《かみ》をセットしてお茶の準備をはじめないと。

そんな俺の考えをよそに、アイナちゃんはぶんぶんと首を横に振る。

「カレンお姉ちゃんがね、シロウお兄ちゃんをぼーけんしゃギルドの『ぎんげつ』につれてきてだって」

「銀月に？　なんだってまた……」

「なんかね、しさつのひととそこにいくんだって。だからシロウお兄ちゃんもきてほしいって、カレンお姉ちゃんがそういってたの」

「よくわからないけど、うん。わかった！　アイナちゃん、銀月にいこう！」

「ん！」

こうして俺とアイナちゃんは、冒険者ギルド銀月へと向かうのだった。

◇◆◇◆◇

「失礼しまーす。シロウ入りまーす」

銀月の扉《とびら》をノックしてから中に入る。

「し、しつれいしま……す」

俺の背中に、ぴったりとくっついたアイナちゃんも一緒《いっしょ》だ。

中に入ると、

「シロウ、来たか」

すでにカレンさんが待っていた。

いつもより胸元《むなもと》が広く開いた服を着ているのはこちらの文化ゆえか、はたまた接待だからか。

ギルド内にはカレンさんの他にも蒼い閃光《せんこう》の面々に、「ふしゃーッ!!」と威嚇《いかく》のポーズをしているエミーユさん。それと、見慣れぬ中年男性の姿もあった。

おそらく、このちょっとだらしないお腹《なか》をした中年男性こそが、件《くだん》の『視察の人』なのだろう。

中年男性はギルドホームを見回していて、俺には気づいていない様子。

「シロウ、さっそくだが君を視察の方に紹介《しょうかい》してもいいだろうか?」

カレンさんが訊《き》いてくる。

「ええ。構いませんよ。マッチをはじめとしたアイテム類も持ってきていますしね」

俺はそう言い、リュックをぽんと叩《たた》く。

カレンさんは一度頷くと、俺の耳元に顔を近づけ、

「ありがとう。その……どうやら少し気難しい方のようだ。すまないが不愉快《ふゆかい》なことを言

われてもどうか堪《こら》えてほしい」

と小声で言ってきた。

まだ紹介されてないけど、このやり取りだけでめんどくさい相手なのがわかっちゃうよね。

「安心してください。理不尽《りふじん》な暴言には慣れてるんで大丈夫《だいじょうぶ》ですよ」

俺も小声でそう返す。

前に働いていたブラックな会社じゃ、罵詈雑言《ばりぞうごん》が当たり前のように飛《と》び交《か》っていた。幾《いく》度《ど》となく被弾《ひだん》してたから暴言には慣れっこ。

ときには理不尽な暴力に、撃《う》たれることだってあったしね。

「それより……どうして銀月《ここ》で？　予定では俺の店に来るはずでしたよね？」

「なに、彼《かれ》の希望に沿ったまでだ」

と、カレンさんは太っちょ中年男性をチラリ。

「なるほど」

「エミーユに嫌《きら》われているわたしとしては、ここに来たくはなかったし、エミーユもわたしに来てほしくなかっただろうがね」

カレンさんの言葉通り、銀月でギルドマスター代理をやっているエミーユさんはずっと威嚇のポーズをしていた。

商売敵《しょうばいがたき》になるかもしれない中年男性に「ふしゃー！」とすれば、カレンさんには「ぎょあー！」とする。

ただ、二人ともエミーユさんを無視しているからか、ちょっとだけ切ない光景がそこにはあった。

「なに、交渉事に予想外の出来事はつきものですよ」

「そういうことだ。では、いいか？　……オホン！　ガブス殿《どの》」

カレンさんがわざとらしく咳払い。

太っちょな中年男性の名を呼ぶ。

「紹介しよう、こちらが我《わ》が町《まち》が誇《ほこ》る商人のシロウだ」

カレンさんが俺を紹介した。

ガブスと呼ばれた太っちょな中年男性が、俺に顔を向ける。

「はじめましてガブスさん。この町で商店を営んでいる士郎《しろう》といいます」

自己紹介して軽く頭を下げると、

「店員のアイナです」

アイナちゃんも真似して自己紹介。

もう立派な店員さんだ。

「……」

俺とアイナちゃんの自己紹介を受けても、太っちょな中年男性――ガブスさんは無言のままスルー。

というか、これ無視してない？　無視してるよね？

「……そこの町長から珍《めずら》しいアイテムを扱《あつか》っている腕利きの商人がいると聞いて期待していたが……なんだ、ずいぶんと青臭《あおくさ》い小僧《こぞう》が出てきたな。お前、本当に商人か？」

いきなり『お前』呼ばわりときましたか。

気難しいどころじゃないぞこれは。エミーユさんとは別タイプのめんどくさい人だ。

「青臭いことは否定しませんが、いちおう商人をやっています」

「フンッ。ガキしか雇《やと》えんような小僧が商人を名乗るとはな。田舎《いなか》ではずいぶんと『商人』の肩書《かたがき》が軽いらしい」

隣《となり》にいるアイナちゃんが傷つくのがわかった。ちらりと横目で見ると、目に涙が溜《た》まりはじめている。

くっ……我慢《がまん》だ。我慢だ士郎。心の上に刃《は》を置いて忍《しの》ぶんだ士郎。

「それにこのギルドホームはなんだ？　受付には汚《けが》らわしい亜人《あじん》が立ち、そこら中ホコリだらけ。ちゃんと掃除《そうじ》はしているのか？」

この言葉に、エミーユさんがカチンとこないわけがなかった。

エミーユさんが、カウンター越《ご》しにガブスさんを睨《にら》みつける。

そして――

「ちゃんとお掃除してますぅー。毎日してますぅー。暇《ひま》だからそれしかすることないんですぅー」

女を捨てたあっかんベーをした。

他のギルドの人にヒマ宣言って……。そんなん負けを認めたようなものじゃんね。

「ハッ、これでか？　……驚いたな。辺境の亜人は掃除もロクにできんらしい。中央の亜人とて掃除ぐらいはできるぞ？　王都と辺境でこうも違うとは……まったく、私には辺境に住む者の考えが理解できんよ」

ガブスさんはそう言うと、やれやれとばかりに肩《かた》をすくめた。

俺には初対面で嫌味《いやみ》を言ってくるあなたが理解できないよ。

ガブスさんの暴言は止まらない。

「掃除もできない亜人など、生きる価値もないだろうに」

瞬間《しゅんかん》、エミーユさんの表情に影《かげ》が落ち、壁際《かべぎわ》に立つキルファさんの指先から爪《つめ》がシャキンと伸《の》びる。

この発言に慌《あわ》てたのはカレンさんだ。

「も、申し訳ないなガブス殿。ニノリッチは畑と森に囲まれているため、どうしても土《つち》埃《ぼこり》が入ってきてしまうのだ」

とフォローを入れてきた。

「そんなことよりガブス殿、シロウが売っているアイテムを見てはもらえないだろうか？」

カレンさんに視線で促《うなが》され、俺はリュックからマッチを取り出す。

それをカレンさんが受け取り、そのままガブスさんに手渡す。

「ガブス殿、これが先ほど話した『マッチ』だ。火種として非常に有効で、シロウの店でしか買うことができないアイテムだ」

「ほほう。これが噂の……どれ、一つ試してみるか」

ガブスさんはそう言うと、手慣れた感じでマッチ棒を取り出し、火をつける。

「……なるほど。アイテムだけは良いものを扱っているようだな。町長がこの小僧を推《お》す気持ちもわかるというものだ」

「わかってもらえるかガブス殿。この店はきっと貴方《あなた》のギルドに所属する冒険者たちの役に立つだろう。町長の名にかけて保証する」

「フッ。辺境の町長如《ごと》きに保証されてもな」

「っ……」

「しかし、この『マッチ』は、我がギルドの冒険者たちに役立ちそうだ。となれば……ふうむ。まあ、いいだろう。総ギルドマスターから全権を預かる者として、冒険者ギルド『迷宮の略奪者』の支部をこの町に置いてやってもいい」

これもマッチ効果か、いきなり交渉がまとまりそうな予感。

ガブスさんの言葉を聞き、カレンさんはびっくり。

すぐに喜びの表情を浮《う》かべた。

「ほ、本当かガブス殿？　本当にニノリッチに支部を置いてもらえるのだろうかっ？」

「ああ。本当だとも」

「ならすぐに――」

「ただし！　……ただし、いくつか条件がある」

「条件？　それはどういったものだろうか？」

ガブスさんはにんまりといやらしい笑《え》みを浮かべ、待ってましたとばかりに口を開いた。

「なぁに、町長の立場なら簡単なことだ。まずこの町に置く冒険者ギルドは――」

癇《かん》に障《さわ》る笑みを浮かべたガブスさんは、冒険者ギルド『銀月』の代表であるエミーユさ

んを一瞥《いちべつ》し、

「我々『迷宮の略奪者』のみにしてもらおうか。そういえばなんといったか？　この弱小冒険者ギルドは？」

「……銀月、ですよ」

俺が教えると、ガブスさんはバカにしたように鼻を鳴らす。

その背後では、エミーユさんがギリギリと歯を食いしばっていた。

「ああ、そんな名だったな。そのなんとかといった冒険者ギルドなんぞ即刻潰《そっこくつぶ》してしまえ。私たち『迷宮の略奪者』が支部を置く以上、他《ほか》のギルドなど不要だ」

ガブスさんは続ける。

「次に税の免除《めんじょ》。これは辺境に支部を置いても利益を出すことが難しいから当然だな。それと支部の建設費用はこの町で負担してもらおうか。最後に……」

すっと目を細め、ガブスさんは俺を見る。

そしてこんなことを言ってきた。

「この『マッチ』の優先販売権《はんばいけん》も頂こうか」

「……え？」

ガブスさんの口から飛び出してきた、『優先販売権を頂く』なる言葉。

まさかの発言に俺も言葉を失ってしまう。

なのにガブスさんったら、溜息《ためいき》をついて首を振り振り、

「理解の遅《おそ》い男だな。それでも本当に商人か？　残念な頭しか持たないお前のために、もう一度だけ言ってやろう」

ガブスさんは、今度はもっとはっきりと、

「お前の店が扱っているこの『マッチ』を、私たち『迷宮の略奪者』が全て買い上げてやろう、と言っているのだ」

「それって、うちの店からマッチがなくなるということですか？」

「当然だろう。全て、だからな」

「それだとマッチを買いに来たお客さんに迷惑がかかってしまいますよね？　うちの店は冒険者の方たちだけではなく、町に住む人たちにも利用して頂いています。なのにマッチがないというのは――」

「お前はバカか。この店にマッチがなければ、この町に置く『迷宮の略奪者』の支部から買えばいいではないか。こんな簡単なこともわからないから、お前は辺境でしか商売ができんのだ」

「わかってます。わかった上で言っています。だってうちの店からマッチを買うというこ

とは、売るときには販売価格《はんばい》が上がるということですよね？」

「……多少は上乗せすることになるだろうな」

と、悪びれもなくガブスさん。

この顔……絶対『多少』なんて可愛《かわい》いものじゃないぞ。

そりゃ俺も日本の価格から上乗せして売ってるさ。でも、このガブスさんの顔はヤバイ。

確実にもの凄い価格で売る気だ。

「待って欲《ほ》しいガブス殿」

さすがに見かねたのか、カレンさんが会話に割って入ってきた。

これにガブスさんは露骨《ろこつ》に眉《まゆ》をひそめる。

「なんだ町長？　いま私はこのマヌケ――おっと、小僧と話しているのだが」

「ニノリッチにシロウの店があるのは、全てシロウの善意によるものだ。いくら町の発展のためとはいえ、優先販売権など……」

「町長、お前は何もわかっていない。いいか？　私たち『迷宮の略奪者』はこの国全土に支部がある。それはつまり、私たちに『マッチ』を売れば、王国全土に売ることができるのだぞ。こんな辺境の寂《さび》れた町では、売れてもたかがしれているだろう。だが、」

ガブスさんは俺を見つめ、誘《さそ》うような笑みを浮かべた。

「我々に売れれば、それは王国の全国民に売るのと同じこと。得られる利益は今と比べものにならんだろうよ」

「なるほど。販路《はんろ》がこの国全体に広がるわけですね」

「そうだ」

「確かに魅力的《みりょくてき》なお話ですが……すみません。お断りさせていただきます」

「……なぜだ？」

「単純な話です。この国の全土に売るほどのマッチを仕入れることは、どうやってもできないからです」

　俺が申し訳なさそうな顔をして言うと、

「ほう。『仕入れる』か」

　ガブスさんがずいっと詰《つ》め寄《よ》ってきた。

　太っちょなお腹と、俺のお腹がくっつくほどの距離《きょり》。

　ガブスさんは俺から目を逸《そ》らさない。

「さっきも言ったように、我々は王国全土に支部を持っている。冒険者からはその土地にしかないアイテムや名産など、いろいろと情報が入ってくるのだ」

「は、はぁ」

そこで一度区切ったガブスさんは、俺の反応を見てから再び口を開く。

「だがな、不思議なことに『マッチ』の話はどこからも上がってこない。この国だけではなく、交流のある他国のギルドからもな。おかしいとは思わんか？　大陸の何処《どこ》にも存在しないアイテムが、なぜかこんな辺境にあることに」

「マッチを作っている職人はちょっと癖《くせ》のある人でしてね、俺としか取引を――」

「嘘《うそ》だな」

俺がごまかす前に被《かぶ》せてくるガブスさん。

「実はな、ここ数日『迷宮《めいきゅう》の略奪者《りゃくだつしゃ》』の冒険者を使ってお前のことを探《さぐ》っていたのだ。何度かマッチが売り切れたにもかかわらず、お前がマッチを仕入れに町を出た様子はない」

「うっ……」

俺の脳裏《のうり》に、この前店に来ていた女性の冒険者の姿が思《おも》い浮かぶ。

見慣れない冒険者だなとは思っていたけれど……そうか。彼女は俺を探っていたんだな。

「……俺が収納アイテムを持っている可能性は考えないんですか？」

「それこそおかしな話だな。大量のマッチを運ぶ術《すべ》があるのなら、わざわざ辺境で売る理由がない」

「この町が気に入っているから、とかは？」

「くくく……面白《おもしろ》い冗談《じょうだん》だ。それならまだ町長の色香《いろか》に惑《まど》わされたと言った方が納得《なっとく》がいくぞ」

実は日本から来た異世界人です！　なんて打ち明けるわけにもいかず、俺は言葉に詰まってしまう。

「これらのことから導き出せる答えは、そう多くない」

ガブスさんが更に詰め寄ってくる。

もう鼻と鼻がくっつきそうな勢いだ。

まさか人生で、太っちょな中年男性とこんなにも近距離《きんきょり》で見つめ合う日がくるとは思いもしなかった。

「お前だな。マッチを作っている職人は」

ガブスさんが確信を持って言う。

それはもう、サスペンスドラマに出てくる家政婦みたいなドヤ顔で。

しかしこの発言に、この場にいた誰《だれ》もが驚き、そして同時にそうだったのかという顔をした。

「お前の正体は、大手のギルドから追放された錬金術師《れんきんじゅつし》といったところか。この森にマッチの素材があるのか、もしくは中央に顔を出せない理由でもあるのか、あるいはその両方か」

ガブスさんが盛大に勘違《かんちが》いを積み上げていく。

おかげで俺はいつの間にやら錬金術師だ。

さーて、どうしようかな?

どうやってこの場を収めるべきか。

俺が頭を悩《なや》ませていると、ずいっとカレンさんが割って入ってきた。

そして俺を庇《かば》うように立ち、ガブスさんを見据《みす》え、

「申し訳ないガブス殿。今回の件でシロウを巻き込むのは本意ではない。マッチの優先販売権を要求するというのなら、支部を置く話はなかったことにしてもらいたい」

きっぱりと言う。

「……私の聞《き》き間違《まちが》いかな。町長、もう一度言ってもらえるか?」

「なんどでも言わせてもらおう。支部を置く話はなかったことにしてもらいたい」

カレンさんが強い口調で言い、ガブスさんを睨みつける。

知り合ってまだ少ししか経《た》っていないけど、見たこともない厳しい顔だ。

この言葉にガブスさんの目が細くなる。

「我々『迷宮の略奪者』は、お前の頼《たの》みに応えるためこんな辺境まできてやったのだぞ。

そのことをちゃんと理解しているのか？」

ガブスさんは両手を広げると、ここにいる全員に聞こえるよう声のボリュームを上げる。

「数多《あまた》ある有力冒険者《ぼうけんしゃ》ギルドがなぜこの町に支部を置かないか。簡単な理由だ。置く価値がないからだ。主要都市との距離。人員と資材の輸送費。中央との連絡《れんらく》手段の確保。どれ一つ取っても採算が合わない。こんな辺境ではな。だからこの町には――」

ガブスさんは背後に立つエミーユさんをびしっと指差す。

「弱小冒険者ギルドしか置かれていない」

嘲《あざけ》るようにガブスさん。

エミーユさんが悔《くや》しさで顔を歪《ゆが》ませる。さしものエミーユさんでも言い返せないみたいだ。

「それも、潰《つぶ》れかけのな」

完全にエミーユさんを――この町全部をバカにしている顔だ。

さすがに俺もカチンときたぞ。

「待ってくださいガブスさん。森には珍しいモンスターや薬草、鉱物があると聞きました。それだけでも支部を置く価値があるんじゃないんですか？」

教えてくれたのはライヤーさんたちだ。

町に冒険者《ぼうけんしゃ》ギルドが複数あってもおかしくないとも。

「この間だって、素材商人がほくほく顔でマーダーグルズリーの毛皮を買い取っていきましたよ」

「ふむ。確かに、町の東に広がる大森林には希少なモンスターや素材があるそうだな」

「ええ。東に広がる森。それにニノリッチを拠点《きょてん》としている冒険者たち。それら全てがこの町に価値があることを証明してくれています。だからこそ、逆に冒険者ギルドを置かないほうが不自然なのでは？」

「この町を拠点にしている冒険者……だと？　くくく……プッ……クフゥッ、あーっはっはっは！　なんて無知な……ふぅー、ふぅー。はぁ……あまり笑わせてくれるな。まったく、物を知らないとはこのことだな」

俺の発言でガブスさんが大笑い。

「無知なお前のために教えてやろう。いいか？　この町にいる冒険者はせいぜい二、三〇人といったところだろう。それも、中央では通用しなかった雑魚《ざこ》冒険者ばかり。王都や主要都市では稼《かせ》げない雑魚冒険者が、競合相手が少ない辺境にやってきて、ささやかな稼ぎを得ているにすぎん」

ガブスさんが、哀《あわ》れみの目を店内にいる蒼《あお》い閃光へと向ける。

ライヤーさんが握《にぎ》りしめた拳《こぶし》を振《ふ》るわないのは、カレンさんへの気遣いか。はたまた隙《すき》を見て一撃《いちげき》で仕留めるためか。

「それなのに何を勘違いしたのか、ここにいる町長はこの町が冒険者にとって価値のある町だと思い込んでいる。こんな辺境にある町をだぞ？　滑稽《こっけい》だろう？　哀れだろう？　可《お》笑《か》しいだろう？　ん、小僧、お前も笑っていいんだぞ？」

「っ……」

ガブスさんの嘲笑《ちょうしょう》に、カレンさんが悔しさから顔を伏《ふ》せてしまう。

「わかるか小僧？　我々にはこの町に支部を置く意味も価値も意義もないのだ。だがな、」

そこで一度区切り、ずいっと近づいてくるガブスさん。

急接近が再びだ。

「お前の扱う……もう、『作る』と言っていいな？　お前が作る『マッチ』の販売権を寄《よ》越《こ》すというのなら、この町に支部を置いてやってもいいぞ」

「ガブス殿、だからその話は断ると——」

「黙《だま》れ町長。私はいま小僧と——この錬金術師と話しているのだ」

「っ……」

カレンさんが黙り込み、代わりに俺を見た。

俺を見つめる瞳《ひとみ》は、何か言いたげだ。

「さあ、どうする錬金術師？　我々『迷宮の略奪者』が支部を置けば、この寂れた町でも十分にカネが集まり潤《うるお》うだろう。お前の判断にこの町の未来がかかっているぞ」

すっかり錬金術師になってしまった俺。

「……少し考えさせてください、というのはダメですよね？」

「当然だ。私も暇ではない。いまここで答えを聞かせてもらおうか」

「……」

さて、一度状況《じょうきょう》を整理しようか。

俺は考える。

時系列順に考えると、ニノリッチで俺が商売をするよりも前に支部を置く話は出ていたはずだ。

町に他の冒険者ギルドを置くな、という条件こそが、森から得られる利益を自分たちだけで独占《どくせん》するためのもの。

つまりマッチ云々《うんぬん》を除いても、ニノリッチに冒険者ギルドを置く意味は十分にあると考えられる。

「……ふむ」

さっき会ったばかりのガブスさんの人となりを考慮《こうりょ》し、思考をもう一段階沈《しず》める。

相手の弱みにつけ込み、半ば脅迫《きようはく》のように無茶《むちゃ》な要求を通そうとする。

なんてことはない。ブラックな会社にいた、欲深で嫌味な元上司そっくりじゃないか。

となれば、ガブスさんがどんな人でどんな思考をしているか予想しやすい。

当初は辺境の町に無茶な要求を通し、支部を置いて利益を独占しようとしたんだろう。

そんな矢先に、俺の持つマッチなるアイテムの情報が飛び込んできた。

自分で言うのもなんだけど、この世界においてマッチは商品としての価値が高い。非常に高い。それは売れ行きが証明している。

だから欲深いガブスさんは、こう考えたのだ。


——支部を置くことを条件に、マッチの権利をも独占してしまおうと。


俺を探っていたのなら、俺と町長のカレンさんが親しくしていることも知っていた、と考えるのが自然だ。

知っているからこそ、ガブスさんは町の未来を人質にしてマッチを独占しようと考えたのだ。

まったく、なんて欲深い人なんだ。このタイプに少しでも譲歩《じようほ》しようものなら、調子に乗ってより要求してくることは想像に難《かた》くない。

となれば、答えなんか一つしかないじゃんね。

よし。カレンさんもお断りしていることだし、ここはガツンと俺もNOを突《つ》きつけてやりま――

「我々『迷宮の略奪者』と取引をすれば、そこにいるガキの代わりに有能な者を雇うこともできるぞ」

ガブスさんから放たれた、不意のひと言。

「…………は？」

本人は誘い文句のつもりだったのか、にやにやと口角をあげている。

「いま……なんて言いました？」

俺は、頭の中が怒《いか》りで真っ赤に染まっていくのを感じる。

「役立たずなガキの代わりなど、いくらでも見つかると言ったのだ。お前だって使えないガキなんか雇いたくなかったんだろう？　お前が望むなら私が手配してやってもいい。そこにいるガキや汚《きたな》らしい亜人共とは違《ちが》い、有能な者を連れてきてやるぞ？」

「……」

この言葉に、アイナちゃんが傷つくのがわかった。

頭の中でカウントダウンがはじまる。

これはあのときに——会社を辞《や》めると決めた瞬間に状況がそっくりだ。

あのときの俺は、俺を慕《した》う後輩《こうはい》をネチネチといびる嫌味な元上司にプッツンきて——

「さあ、どうする小僧？　未来のない寂れた町で、これからもマッチを細々と売っていくのか、それとも我々『迷宮の略奪者』に優先販売権を与《あた》え、一生涯《いっしょうがい》入ってくる大金と町の発展を選ぶのか、答えを聞かせてもらおうか。まあ、お前が人並みの頭を持っているのなら、迷う必要などないがな」

そう言い、ガブスさんは俺の答えを待った。

俺はガブスさんを見つめ、にっこりと満面の笑みを浮かべる。

つられてガブスさんもにやりと笑う。

そして俺は————プッツンした。

「一昨日《おととい》来やがれ！　このロクデナシがぁぁぁぁッ!!」

渾身《こんしん》の右ストレートがガブスの顔面にブチ込まれる。

「ほんぎゃぁぁぁぁぁぁぁぁぁぁぁぁーーーーーーーーーーーっ⁉」

不意打ちを受け、大きく仰《の》け反《ぞ》るガブス。

だが、この程度では俺《おれ》の怒りは収まらない。

むしろここからが本番だ。

いまこそアレを——元上司に喰《く》らわせた魂《たましい》の一撃を受けてみるがいい！

「ふんっ！」

俺はガブスのぽっちゃりな胴《どう》に両腕《りょううで》を回してクラッチ。

そのまま持ち上げ、頭上でガブスの体を半回転させると同時にジャンプ。

地面と逆さまになったガブスの頭を自分の両膝《りょうひざ》で挟《はさ》み込み、迷うことなく全体重を乗せて床板《ゆかいた》に叩きつけてやった。


——直下型パイルドライバー。


いまガブスにキメたこの技《わざ》こそが、かつて退職を決意した俺が元上司にキメ、職場での争いから法定での争いにまで発展した禁断の必殺技だ。

まあ、あのときは記録していたパワハラの数々と、真実のタイムカードで未《み》払《はら》いの残業

代に示談金までゲットしてやったけどね。

「〜〜〜ッ!!」

ガブスが痛打した頭をおさえて転がりまわる。

そんなガブスに向かって、俺は目一杯《めいっぱい》叫《さけ》んでやった。

「俺は暴力が嫌いだ。大っ嫌いだ！　でもな……俺の大切な店員に——アイナちゃんにっ！　ふざけたこと言われて黙ってられるほどお人好《ひとよ》しじゃないんだよっ!!」

それは、魂の咆哮《ほうこう》だったと思う。

この光景に、この場にいるみんなはただただポカン。

でも——

「シロウお兄ちゃん……」

アイナちゃんだけは、ひしっと抱《だ》きついてきてくれた。

◇◆◇◆◇

「お、お前《まえ》ぇ！　よくも……よくもぉぉ!!」

直下型パイルドライバーの痛みから復活したガブスが、その身を起こす。

怒りで目を血走らせながら立ち上がると、びしっと俺を指差した。

「わたっ、私にこんなことをしてタダで済むとは思ってないだろうな！」

「へぇえ。そこまで言うなら、どう済まないのか俺に教えてくれるかな？」

俺はずいと一歩前へ出る。

ガブスは尻込《しりご》みし、二歩後ろへ下がる。

「私は迷宮の略奪者の幹部だぞ！　そ、その私にこんなことをすればお前は——いや、お前だけではない。この町だってそれなりの報《むく》いは受けてもらうことになるぞ！」

「ガブス殿、それはわたしの町へ対する宣戦布告とみなして良いのかな？」

とカレンさん。

凍《こご》えそうなほど冷徹《れいてつ》な視線をガブスに向けている。

「そ、それは……」

「だとすれば、わたしには町長として領主への報告義務があるのだが……この地を治めるバシュア辺境伯《へんきょうはく》に報告して構わぬよな？」

カレンさんが厳しい顔で言う。

なんとか辺境伯さんの名を聞いたとたん、ガブスの顔色が変わる。

「ま、待て！　そうではない！　そうではなくてだな……」

ガブスが焦《あせ》りはじめた。

「そ、そうだ！　お、お前がマッチの優先販売権を寄越すというのなら、さっきのことは忘れてやってもいいぞ！　全《すべ》て水に流してやる。ど、どうだ？」

なんだよこの商魂《しょうこん》のたくましさ。

俺なんかよりよっぽど商人向きなんじゃないのか。

「どうだもなにもない。確かに俺は商人だ。カネにがめつい卑《いや》しい商人だよ。でもな、アイナちゃんを泣かすようなヤツと取引するほど腐《くさ》っちゃいない。だから……耳の穴かっぽじって、よーく聞きな」

ガブスの胸《むな》ぐらを掴《つか》み、ぐいと引き寄せる。

本日三度目の急接近だ。

「俺はアンタとは取引しない。アンタんとこの冒険者ともだ。迷宮の略奪者に所属する冒険者が俺の店に来てみろ。すぐ店から叩《たた》き出《だ》してやる。わかったか！」

「ひいぃぃぃっ」

俺なんかが凄《すご》んでも効果はあったみたいだ。

ガブスが縮み上がる。

「さて……エミーユさん、扉《とびら》を開けてもらえますか?」

「は、はいですぅ」

エミーユさんがギルドの扉を開ける。

「結論が出たところで……お帰りはあちらですよー」

俺はにっこりと笑い、出口を指さす。

「ちょ、ま、待て。いや、待ってください! ではこうしましょう。おま——あなたの言い値でマッチを買い取らせていただきます! これならどうです?」

急にガブスが下手に出てきた。

揉《も》み手《で》をし、卑屈《ひくつ》な笑みを浮かべている。

「すみませんね。俺は今後も細々と商売していくつもりなんです。尤《もっと》も、未来あるこのニノリッチの町で、ですけどね」

俺が少しだけかっこつけて言うと、

「シロウ……」

「シロウお兄ちゃん……」

「あんちゃん……お前ってやつはよぉ」

「………シロウ、よく言った」

「さっすがシロウにゃ！」

「それでこそシロウ殿です」

「お兄さん……やっぱりアタシのこと好きなんじゃ……」

みんなの反応は上々だった。

「あ、あなたが望むなら、私たちのギルドの力で王都で店を出すことだってできます。必要な素材があれば、所属する冒険者たちに集めさせることも。それでも契約《けいやく》してもらえませんかっ？」

「しつこいですよ。俺は信用できる相手としか取引しないことにしたんです。どっかの誰かさんのおかげでね。俺と違い人並みの頭があるガブスさんなら、ご理解いただけますよね？　はい、ご理解いただけたのならもうお帰りくださーい」

「く……な、なら町長！　マッチのことは忘れよう。この町に支部を置く話を――」

「ガブス殿、その件はもう断ったはずだが？」

「うっ……」

俺に断られ、カレンさんに拒否《きょひ》られる。

ガブスは口をパクパクさせるしかできないでいた。

その姿があまりにも滑稽で、我慢できなかったんだろう。

事の成り行きを見守っていたライヤーさんが、ついにプフーと吹《ふ》きだした。

「だぁっはっは！　バーカ。欲をかくからどっちも手に入らないんだよ」

「にゃっはっは。あのおっちゃん滑稽なんだにゃ」

「黙れ！　雑魚冒険者《ざこぼうけんしゃ》風情《ふぜい》が口を挟むな！」

「んだとテメエ！」

ライヤーさんが拳をボキボキ鳴らしながら近づいていく。

いまにも拳をフルスイングしそうな勢いだ。

俺は慌てて止めに入った。

「ちょっと待ってくださいライヤーさん！」

「あんちゃん……」

「暴力はいけませんよ。暴力は」

「自分だけ殴《なぐ》っといてそりゃないぜ」

「だったら、さっきの俺の拳にはライヤーさんの怒りも込められていたってことで」

「ったく、口が巧《うま》いなあんちゃんは。わかった。それでいいよ。そんなクズは殴る価値もねぇしな。そんじゃクズ野郎《やろう》、とっとと大好きな王都に帰んな」

ガブスの首根っこをライヤーさんが掴み上《あ》げ、

「ま、待ち――」

「ほいっと」

そのまま外に放《ほう》り投《な》げる。

そしてバタンと扉を閉めた。

しばらくガブスがドンドン扉を叩いていたけれど、やがて諦《あきら》めたのか音がしなくなった。

しっかし……こんなのを交渉役《こうしようやく》によこすなんて、迷宮の略奪者って人材いなさすぎだろ。

それとも、いままでは弱みに付け込んで無理やり要求を呑《の》ませてこられたからかな？

ま、どっちでもいいか。もう関《かか》わることもないだろうし。

「シロウ、すまなかった」

カレンさんが頭を下げてくる。

俺は手をぱたぱたと振る。

「気にしないでください。というか、カレンさんこそ災難でしたね。アイツに変なことされませんでした？」

「……胸を、少し触《さわ》られた」

「アイナちゃん、そのへんに硬《かた》くて尖《とが》った物ない？　トドメさせそうなヤツ」

「え？　え？」

「あんちゃん、おれも手ぇ貸すぜ」

「シロウ殿《どの》、よかったらこれをお使いください」

ロルフさんが、自分のメイスを指差してご提案。

確かにあのメイスなら頭もかち割れそうだ。

「おいおいロルフ、あんちゃんじゃソイツ《メイス》は持てないだろ。おれが使う。あんちゃんには別の得物《えもの》を用意してやってくれ」

「じゃあシロウにはボクのダガーを貸してあげるにゃ」

キルファさんが、俺にダガーをハイと渡《わた》してくる。

次いで、ぴんと立てた親指で首を掻《か》き切る仕草をした。

「シロウもライヤーも、キッチリ殺《や》ってくるんだにゃ」

「おうっ。任せとけキルファ。あんちゃん行くぞ！」

「はい！」

「…………みんなバカなことしない。愚者《ぐしゃ》は放っておけばいい」

ネスカさんが呆《あき》れたように言い、

「「「はーい」」」

俺たちは同時に返事をするのだった。


寸劇を終えたところで、不意に入口の扉が開かれた。

ガブスが戻《もど》ってきたのか？　とか思って警戒《けいかい》しながら振り返《かえ》ると、そこにはいつか見た女性冒険者の姿が。

「おじゃましますわ。ここに町長がいると聞き急ぎ参ったのですが……どなたが町長様かしら？」

冒険者の女性は店内をきょろきょろと。

誰が町長がわかりかねている様子。

「わたしが町長だが……君は？」

女性冒険者は姿勢を正し一礼する。

「わたくしはネイ・ミラジュと申します。冒険者ギルド『妖精《ようせい》の祝福』から使者として参りましたの」

名乗りを聞き、ライヤーさんがピュウと口笛を鳴らした。

そして俺に耳打ちするようにして、

「この国で一番でっかいギルドだぜ」

と教えてくれた。

「わたしがニノリッチの町長、カレン・サンカレカだ。『妖精の祝福』の使者殿がわたしの町に何用かな?」

「そう警戒しないでくださいな。単純な話ですわ。この町に『妖精の祝福』の支部を置いてもらえないかと、お願いに参ったのですわ」

しばしの静寂《せいじゃく》のあと、

「「「ええ～～～～～!?」」」

この場にいた全員がびっくりするのでした。

第一三話　冒険者ギルド、妖精の祝福

冒険者ギルド『妖精の祝福』の支部を、ニノリッチに置かせてもらいたい。

そんなネイさんの発言に、この場にいる誰もが驚《おどろ》く。

特にエミーユさんなんか、一難去ってまた一難。新たな商売敵《しょうばいがたき》が現れたもんだから、また威嚇《いかく》のポーズをしているぞ。

カレンさんが表情を引《ひ》き締《し》め、問う。

「……『妖精の祝福』の支部をこのニノリッチに？」

「はい。本来なら正式な手続きを踏《ふ》むべきなのですが……『迷宮の略奪者』がこの町に支部を置こうとしていると聞きまして。急ぎやってきた次第《しだい》ですわ。こんな形で提案することになって申し訳ありません。もしよろしければ、わたくしの話を聞いてもらえませんかしら？」

「カレン！　話なんて聞いちゃダメですよぅ！　これはカレンの友だちとしての忠告なんですよぅ」

とエミーユさん。

手のひらをくるりと返し、都合のいいときだけ友だちになるその姿勢。

ここまでやってくれると、いっそ清々《すがすが》しいよね。

「あら？　貴女《あなた》はこの冒険者ギルドの職員かしら？」

「だ、だったらなんだっていうんですかっ？」

「そうでしたか。よかった。手間が省けましたわ。実は、貴女のギルドにも話があるんですの」

「話……？」

「ええ。このギルドをわたくしたち『妖精の祝福』の支部になるよう交渉《こうしょう》して欲しいと、ギルドマスターから命じられておりますの。いかがでしょう？　もし実現いたしましたら、貴女のお給金もぐんと上がることをお約束しますわ」

「お給金が……あがる？」

突然《とつぜん》のお誘いを受け、エミーユさんの気持ちが揺《ゆ》らいでいるのがわかる。

もともとおカネに弱い人だから、あとひと押《お》しでイチコロだろうな。

「ほ、ホントですかぁ⁉　それってホントですかぁ⁉　あた――アタシのお給金があがるって――」

「本当ですわ」

「っ⁉」

「少なくとも以前頂いていたお給金の五倍はお約束いたしますわ」

「ご、ごばい……」

瞬間《しゅんかん》、エミーユさんがズザザッと土下座をキメた。

「なりますぅ！　今日からここ銀月《ぎんげつ》は、『妖精の祝福』の支部になりますぅ‼」

即答《そくとう》だった。

この変わり身の早さには、誘ったネイさんもたじたじ。

「あ……お、お早い回答感謝いたしますわ。でもちょっと待ってくださいな。まだ町長様とのお話は終わっておりませんので」

「カレン！　この話、受けるんですよぅ！　こんなチャンス、めったにないんですよぅ！」

エミーユさんが必死になって言う。

「ふむ……」

カレンさんが俺をチラチラと見ている。

判断に迷っているみたいだ。

ガブスに無理難題をふっかけられたばかりだから、また同じようなことを要求されるんじゃないかと警戒しているのだろう。

とか思っていたら、

「シロウはどう思う？」

俺に話を振ってきたじゃありませんか。

だけど、ここで取り乱してはいけない。俺はなるたけクールに振る舞《ま》う。

「まずは話を聞いてみてはどうでしょう？」

数日前にネイさんが店に来たときにも感じたけど、かなり礼儀《れいぎ》正《ただ》しい人だった。

少なくとも悪い人には見えなかったのだ。

「そうだな。わかった。使者殿、話はわたしの執務《しつむ》室《しつ》で聞かせて貰おう。こちらへ」

「感謝いたしますわ」

「それとシロウ」

「はいはい、なんですか？」

「すまないが君もついてきて貰えるか？」

「え、俺も？」

「わたくしからもお願いいたしますわ。実はギルドからも店主様にご協力いただきたいことがありますの」

「はぁ、協力ですか」

しがない道具屋の店主に協力ってなんだろ？

さすがにまたマッチの優先販売権《はんばいけん》じゃないとは思うけどね。

「わかりました。俺も行きましょう。アイナちゃん、店番頼んでいいかな？」

「もちろんだよシロウお兄ちゃん。アイナはてーいん《店員》なんだよ。アイナにまかせて」

「ありがとう。心強いよ。じゃあよろしくね」

「ん！」

こうして俺は、カレンさんの頼みでネイさんとの会談に同行することになった。


「では話を聞かせて貰えるだろうか」

執務室のソファに座《すわ》るやいなや、カレンさんが切り出す。

位置取りとしては、俺がカレンさんと並んで座り、テーブルを挟んだ対面のソファにネイさんが座っている形だ。

「はい。では当ギルドがなぜこの町に支部を置きたがっているのか、まずはその理由からご説明させていただきますわ」

ネイさんはそう切り出してから、説明をはじめた。

「ニノリッチの東に広がる大森林には、希少な薬草の他《ほか》にも多くのモンスターが生息していることはもちろんとして――……」

ネイさんの説明は、俺もカレンさんも既《すで》に知っているものだった。

曰《いわ》く、王都で人気のモンスターがいる。

曰く、希少な薬草を薬師や錬金術師が高値で買う。

しかし次に続く言葉は、俺もカレンさんも知らないものだった。

「先日、ギルドに所属する冒険者パーティが、ダンジョンから古代魔法《まほう》文明時代とおぼしき大陸の地図を発見しましたの」

「ほう。地図か」

「はい。地図ですわ。いままで大陸を描《か》いた地図は一度たりとも発見されておりませんでした。それ故《ゆえ》ギルドでは、『世紀の大発見』とまで言われているほどですの。ですが、重要なのはここからですわ」

興奮したような顔でネイさんはテーブルをバンと叩き、身を乗り出してくる。

「その地図には大陸の東、つまりここニノリッチの東に広がる大森林に古代魔法文明時代の王国や迷宮《めいきゅう》、神殿《しんでん》などが多数存在していたことがわかったんですの！」

「な、なんだとっ⁉　本当かっ？」

カレンさんがガタッと立ち上がる。

体がガクガク震《ふる》えているのは興奮しているからか。

「本当ですわ。『迷宮の略奪者《りゃくだつしゃ》』がここに支部を置きたがっていましたのも、この情報を知り、古代魔法文明の遺跡《いせき》を独占しようとしてのことでしょう。尤も、いつものように無理を通そうとして、町長様に断られたようですが。うふふ、お馬鹿《ばか》さんたちですわよね」

ネイさんがクスクスと笑う。

「わたくしたち『妖精の祝福』は、ギルドの総力をあげて東の大森林の攻略《こうりゃく》に当たることにしましたの。それも、一刻も早く。それで支部に置くにふさわしい町、もしくは村を探していたのですが……わたくしはこのニノリッチこそが、攻略の拠点としてふさわしい町と判断いたしましたの」

「へええ。なんでまた？」

「理由の一つは銀月の存在ですわ。この町にしかない冒険者《ぼうけんしゃ》ギルドですから、交渉し支部になっていただければ、新たにギルドホーム《拠点》を建てる必要がなくなり、その時間を攻略に充《あ》てることができますわ」

「ふむ。確かにそうだな」

カレンさんが頷《うなず》く。

「そしてもう一つの理由が――」

そこで一度区切ったネイさんは、俺に視線を移す。

「ニノリッチにある『シロウの店』の存在ですの。貴方《あなた》のお店に並ぶアイテムはどれも素《す》晴《ば》らしいですわ。ギルドに所属する冒険者たちの助けになってくれると確信いたしましたの」

「なるほど。シロウの存在が決め手だったたか。では使者殿が先ほどシロウに『協力』と言っていたのはどういう意味なのかを教えてもらえるだろうか？」

「簡単な話ですわ。ギルド内に支店を置いてもらいたいんですの。お願いできませんかしら？」

またマッチの販売権かなと身構えていたら、まさかの出店オファー。

「もちろん今すぐお返事を頂きたいとは思っておりませんわ。この町に支部を置かせてもらえたらの話ですもの。どうかご検討のほどよろしくお願いいたしますわ」

そう言ってネイさんは俺に頭を下げてきた。

高圧的だったガブスとは、エライ違いだ。ギルドが違うと、使者の人柄《ひとがら》もここまで差が出るものなんだな。

「町長様、どうか支部を置かせてはいただけないかしら？」

「そういう理由であればこちらから頼《たの》みたいぐらいだ。しかし……支部を置くに当たってどのような条件をわたしの町に要求するつもりだ？」

「要求……と申しますと？」

「使者殿の前に、『迷宮の略奪者』の者が来ていてな。税の免除《めんじょ》と支部の建設費用、それに――」

「ウチの店にあるマッチの優先販売権をよこせ、って言ってきたんですよ」

俺とカレンさんの話を聞き、ネイさんは信じられないとばかりに口をあんぐり開ける。

「そんな要求を……したのですか？　支部を置かせていただく立場なのに？」

「すっごい厚かましかったですよ。町にいる冒険者を馬鹿にしたり、俺をマヌケ呼ばわりしたりね」

「あとわたしの胸を触ったりな」

「そんなことが……。ご安心くださいな。先ほど銀月の了承《りょうしょう》は得ましたので支部を建てる必要はありませんし、税も規定通りお支払《しはら》いしますわ。そちらに頼みたいことは、冒険者《ぼうけんしゃ》たちが寝泊《ねと》まりする宿舎建設の際の人手――もちろんお給金はお支払いいたします。建設の際の人手と、宿舎を置く土地の確保ぐらいですわ。いかがかしら？」

ネイさんの言葉を聞き、カレンさんが大きく頷く。

そして右手を伸《の》ばし握手《あくしゅ》を求めた。

「是非《ぜひ》お願いしたい」

「ご了承、感謝いたしますわ」

固い握手を交《か》わすカレンさんとネイさん。

こうして、潰《つぶ》れかけていた弱小冒険者ギルド銀月は、この国一番の冒険者ギルド『妖精の祝福』へ加盟し、その支部へと大出世するのだった。

第一四話　ためらい

町に『妖精の祝福』の支部が置かれる。

この発表にニノリッチの住民たちは大いに沸《わ》き立《た》った。

カレンさんから聞いた話では、やれ酒場を建てろ、いやいや宿屋が先だろうと、役場は町の開発計画で盛り上がっているらしい。

辺境にあるニノリッチだけど、土地と木材になる木だけは無駄《むだ》にある。

冒険者ギルド『妖精の祝福』の宿舎が完成するのに合わせて、何軒《なんけん》もの宿屋と酒場、それに鍛冶屋《かじや》や道具屋なんかをオープンさせる予定なんだそうだ。

そんなわけで、まだ建築がはじまってもいないのに町は活気に満ちていた。

そして俺はというと……

「ありがとうございましたー！」

今日も商売に精を出していた。

支部ができる話を聞きつけたのか、町にやってくる冒険者の数も日に日に増えている。

ライヤーさん曰く、ほとんどが『妖精の祝福』に所属する冒険者らしい。

町は賑《にぎ》わい、店の売上もずっと右肩上《みぎかた》がり。

順風満帆《じゅんぷうまんぱん》な日々が続く中、気がかりなことが一つだけ。

「アイナちゃん、そこにある大きいマッチを取ってもらえるかな」

「……」

「アイナちゃん？」

「……」

「おーい」

「あっ⁉　ご、ごめんなさいシロウお兄ちゃん。えと……ホウキだっけ？」

「ううん。マッチだよ。大きいマッチ」

「は、はい。いまもっていくね」

いまみたいに、アイナちゃんが上の空な感じになることが多くなってきたのだ。

仕事熱心だったアイナちゃんにしては珍《めずら》しい。

悩《なや》み事《ごと》でもあるのかな？

「ありがとうございましたー」

店にいた最後のお客が帰っていった。

ちょっと早いけど、今日は店を閉めちゃおう。

「アイナちゃん、今日はもうお店閉めちゃおうか？」

「……」

「アイナちゃんやーい」

「あっ、えっ、あ……う、うん！」

また考え事をしてたみたいだな。

ここは店長として、じっくり相談に乗ってあげますか。

「それじゃ閉めてくるね。アイナちゃんは店の掃除《そうじ》をお願い」

「はい」

入口の扉に『本日の営業は終了《しゅうりょう》しました』の札をかけ、店に戻る。

次は売上の計算だ。

カウンターに入り、硬貨《こうか》を一枚ずつ数えていく。

本日の売上は、銀貨五二枚と銅貨が四五六〇枚。

日本円にして九七万六〇〇〇円だ。

ここのところ、毎日これぐらいをキープしている。

ほぼ一〇〇万円だ。一〇〇万円。

これが一年間維持《いじ》できたら、三億六〇〇〇万円か……。

異世界ドリームにもほどがあるぞ。

「さてっと」

売上金を空間収納《くうかんしゅうのう》でしまったタイミングで、ちょうどアイナちゃんも店の掃除を終えていた。

よし。いまからアイナちゃんの悩み事を聞き、大人らしく的確なアドバイスとかしちゃうぞ。

とか思っていたら、

「あの、シロウお兄ちゃん……」

なんとアイナちゃんの方から俺に話しかけてきた。

「ん、なんだい？」

「えとね……あのね……その……」

アイナちゃんは何か言おうとして躊躇《ためら》い、どこか泣きそうな顔で俯《うつむ》いてしまう。

でも、服の裾《すそ》をぎゅっと握《にぎ》ると、意を決したように顔をあげた。

「あ、あ、あのっ、あのねシロウお兄ちゃん」

「うん」

「えと、アイナにね、」

「うん」

「アイナに……アイナにね」

目には涙《なみだ》が浮《う》かび、出てくる声は震えている。

それでもアイナちゃんはまっすぐに俺《おれ》を見つめ、勇気を振《ふ》り絞《しぼ》ってこう言葉を続けた。

「アイナに……お、おカネをかしてくださいっ」


アイナちゃんの口から飛び出してきた、『おカネを貸してください』との言葉。

この発言に俺は目をぱちくり。

対して、アイナちゃんは決壊《けっかい》寸前まで涙を溜《た》めながら、俺をまっすぐに見つめている。

体が震えているのは、たぶん俺に嫌《きら》われるのが怖《こわ》いからだろう。

けれどもアイナちゃんは、ありったけの勇気を振り絞り、嫌われることを覚悟《かくご》の上で言ってきたのだ。

まだ短い付き合いだけど、それぐらいはわかる。

だって俺が店にいるとき、その隣《となり》には必ずと言っていいほどアイナちゃんがいたんだからね。

「……」

アイナちゃんはじっと俺を見つめている。

俺の答えを待っているのだ。

なんて返せばいいのか迷っちゃうぞこれは。

「えーっと……」

俺の言葉に、アイナちゃんがビクッとした。

その拍子《ひょうし》に溜《た》まっていた涙がついに決壊。

涙がポロポロとほっぺを伝い落ちていく。

わざとではないとはいえ、アイナちゃんみたいな小さい子を泣《な》かしてしまった。

ヤバイ。早く何か言ってあげないと。

「お、おカネが入り用なんだよね？　いくら必要なのかな？」

って、なんとか返したら、

「……ぅ……ごめんな……さぃ。アイナ……っんく、シロウおひぃちゃんに……め、めー
わく、かけっ——かけたくないのにぃ……ひっく……ごめんな……んく……さぃ」

ついに嗚咽《おえつ》交じりに泣き出してしまった。

それはもう、顔を両手で覆《おお》いわんわんと。

「だ、大丈夫《だいじょうぶ》だよ。大丈夫だから。ね？　いったん落ち着こう。さ、ここに座って」

泣きじゃくるアイナちゃんの手を引き、椅子《いす》へと座らせる。

そして泣き止《や》むようにと、優《やさ》しく背中をさすった。

「ひっく……ぁぅ……んっく……」

「大丈夫。大丈夫だからね」

「シロウ……おひぃちゃんに……アイナ、シロウおひぃちゃんに――」

「いいんだよ。俺のことは気にしなくて。それよりよく頑張《がんば》ったね。いっぱいいっぱい勇気が必要だったよね。偉《えら》いよ。本当に偉い」

アイナちゃんが、おカネを貸してくださいと言ってきたわけ。

そんなのすぐに思いつく。

アイナちゃんは母親想《おも》いだ。

それは出会ったときから知っている。

だからこそ、アイナちゃんがおカネを必要とする理由なんて、一つしかないのだ。

「アイナちゃん、お母さんになにかあったの？」

「っ⁉」

瞬間、アイナちゃんの目が大きく見開かれた。

図星を突《つ》かれたって顔だ。

でもすぐに涙が浮かび、再び泣き出してしまう。

やっぱり正解だったか。

「アイナちゃん、俺にできることなら何でもするから、話してくれるかな？」

「…………ん」

何度も何度もしゃくり上げたアイナちゃんが、やっと小さく頷いたときのことだった。

「ようあんちゃんっ！　店が終わったんなら一緒《いっしょ》に飯でも食いに行か――」

突然店の扉が開かれ、ライヤーさんがやってきた。

「――ねえかって……悪ぃ。取り込み中だったみたいだな」

ライヤーさんは、ばつが悪そうに頭をポリポリ。

後ろには武闘《ぶとう》神官ロルフさんの姿もある。

二人は顔を見合わせると、やっちまったみたいな表情を浮かべた。

「ライヤーさん……」

「ホントすまねぇ！　店が閉まってるのに灯《あか》りがついてたからよ、俺はてっきりあんちゃんが――」

そうライヤーさんが話している最中、

「シロウ！　町の開発にお前の意見を聞きに――」

なんということでしょう。

今度はカレンさんがやってきたじゃありませんか。

なんだこれ？

事件が渋滞《じゅうたい》している。

カレンさんは泣いているアイナちゃんを見て、次に俺を見て、最後にライヤーさんたちに視線を向ける。

「――きたんだが……どうやら後日にしたほうが良さそうだな」

「ふむ。アイナになにかあったのか？」

「さあな。おれたちもいま来たところだ。なあロルフ？」

「ライヤー殿の言う通りです。私たちはシロウ殿を夕食に誘《さそ》おうとやってきたのですが、店に入るとアイナ嬢《じょう》が泣いていまして」

「あんちゃん、ちっこい嬢《アイナ》ちゃんになんかあったのか？」

「いまからそれを訊《き》こうとしていたところです」

「そ、そうか。変なタイミングで来ちまって悪かったな。出直した方がいいか？」

「アイナちゃん、ライヤーさんがこう言ってるけど、どうしたい？　一度出てもらおうか？」

優しく訊くと、アイナちゃんは首をぶんぶん。

「だぃ……じょぶ。カレンおねぇちゃん……も、おにぃちゃん……たちも、いて……だいじょぶ」

「うん。わかった」

俺はアイナちゃんの頭を撫《な》でたあと、後ろを振り返る。

「だ、そーです。もしよければ一緒に話を聞いて、アドバイス《助言》してもらえますか？」

「お、おう！　任せろ！　そーゆーのはロルフが得意なんだ。ロルフ、頼んだぜ」

「道に迷える者を導くのも神官の務め。適切な助言ができると約束はできませんが、遠慮《えんりょ》なく仰《おっしゃ》ってください」

「わたしも町長として住民の助けになりたい。アイナ、何か悩みがあるのなら話してくれ」

「ほらアイナちゃん、みんなこう言ってくれてるよ。もちろん俺もアイナちゃんの力になりたい。俺、一生懸命《いっしょうけんめい》アイナちゃんの話を聞くよ。だから話してくれるかな？」

「……ん」

服の袖《そで》でゴシゴシと涙を拭《ぬぐ》ったアイナちゃん。

胸に手を当てて、すーはーすーはーと呼吸を整える。

「あの……ね。アイナの……おかーさんがね」

アイナちゃんが俺の手を握ってくる。

俺も手を握り返す。

アイナちゃんは震える声で、ずっと抱《かか》えていたモノを吐《は》き出《だ》した。

「お、おかーさんがね……びょーき《病気》なの」

幕間《まくあい》　アイナの過去

アイナが四歳《さい》のときのことだ。
当時住んでいた町が戦火に焼かれた。
家も何もかも、アイナのお気に入りだった玩具《おもちゃ》も全《すべ》て灰になってしまった。
哀《かな》しかった。
楽しい想い出ばかりの家がなくなって哀しかった。
でも一番哀しかったのは、父が兵士として連れて行かれてしまったことだ。
なんでも、国民の義務というモノらしい。

——すぐ帰って来るよ。

そう言って頭を撫でた父。

――アイナを頼む。


そう言って母と抱《だ》き合《あ》った父。

戦争の終結まで、半年かかった。

アイナは戦争が終わったあの日を、いまも鮮明《せんめい》に覚えている。

町中がお祭りみたいに騒《さわ》いでいたからだ。

それから一年が経《た》ち、二年が経った。

父は、まだ帰ってこなかった。

違《ちが》う町へ行こうと母が言い出したのは、アイナが六歳のときのことだ。

アイナは反対した。だってそうだろう？

アイナは父の帰りを待っているのだ。

それなのに自分たちが違う町へ行ってしまっては、帰って来る父が困ってしまうじゃないか。

頑《かたく》なに残ると言い続けるアイナを見て、母は静かに泣いていた。

アイナを抱きしめ、ただただ泣いていた。

アイナは母が大好きだ。泣いている姿なんか見たくない。
だからアイナは町を離《はな》れることに同意した。
荷物は小さな背負い袋《ぶくろ》が一つと、大きな背負い袋が一つ。
小さいのがアイナので、大きいのが母のだ。
母に手を引かれ、いくつもの国境を越《こ》え、辺境にあるニノリッチへとやってきた。
こんな辺境を選んだ理由を母に尋《たず》ねると、母は戦争が起きないからよ、と答えた。
もう、大切な人を失わなくていいから、と。
それでも辺境の暮らしは楽ではない。
母は慣れない畑仕事をし、両手を血豆でいっぱいにしていた。
食べ物だって、ほんの少ししかなかった。
なのに母はアイナにたくさん食べさせようとし、自分は少ししか口にしなかったのだ。
ニノリッチに移住して二年目にそれは起きた。
母が、病気になったのだ。
立ち上がれなくなった母は、アイナにごめんねと言った。
何がごめんねだ。謝《あやま》るのは自分の方だ。
こんなになるまで無理をさせてしまったのは、全部自分のせいではないか。

アイナは花を摘《つ》み、なけなしの銅貨で市場で商売をする許可を取った。
朝から晩まで、市場で花を売って歩いた。
シロウに出会ったのはそんなときのことだ。
花をたくさん買ってくれたシロウは、それだけじゃなく自分を雇《やと》ってもくれたのだ。
これで母に楽をさせてやれる。
アイナは自分が知る限りの神に感謝した。
シロウと巡《めぐ》り逢《あ》わせてくれた神々に、感謝したのだ。
シロウはよくアイナにとても美味《おい》しいご飯をご馳走《ちそう》してくれた。
アイナは半分だけ残し、母へと持って帰った。
美味しいから食べてと言うアイナに、母は首を振るだけ。
なんでも、アイナが帰ってくる前にご飯を食べてしまったらしい。
嘘《うそ》だというのはすぐにわかった。
それなのに母は、頑なに食べてくれないのだ。
このときアイナは、自分の頑固《がんこ》さが母譲《ゆず》りなのだと知った。
はじめてもらったお給金は、銀貨一〇枚。
使い道は最初から決めていた。

だって、ぼーけんしゃの人が言っていたのだ。

『知らないのか？　ポーションはよ、なんでも治してくれんだぜ』


その言葉はアイナの希望となった。

でも町の薬師はポーションを売ってくれと頼んだ。

だからアイナはぼーけんしゃたちに声をかけ、ポーションを売ってくれと頼んだ。

シロウからもらった銀貨一〇枚と、アイナが母のためにコツコツと貯《た》めていた銅貨が二三枚。

何人ものぼーけんしゃに声をかけ、先日やっとポーションを売って貰《もら》うことができた。

全財産をはたいたポーション。

アイナはポーションの入った小瓶《こびん》を大切に抱え、母の下へと走った。

シロウに貰ったと嘘をつき、母にポーションを飲んで貰った。


でも……なにも起こらなかったのだ。

アイナは目の前が真っ暗になる感覚に襲《おそ》われた。

どうすればいい？

どうすれば母を病魔《びょうま》から救える？

おカネだ。

おカネがあれば母を大きな街へ連れて行き、病を治すことができるかもしれない。

元より頼《たよ》れる相手が少ないアイナだ。

頼れる相手など、一人しかいない。

大好きなシロウに嫌われるのは怖かった。でも、もっと大好きな母が死んでしまうのはもっともっと怖かった。

神さま、自分は嫌われてもいい。だけど母だけは救ってください。

アイナは歯を食いしばり、震えそうになる膝《ひざ》を叱咤《しった》し、服の裾を手でぎゅっと握りしめ、ありったけの勇気を振り絞る。

「アイナに……お、おカネをかしてくださいっ」

嫌われ、軽蔑《けいべつ》される覚悟で発した言葉。

なのにシロウは、優しく頭を撫でてくれたのだ。

第一五話　謎《なぞ》の病

「そうなんだ……アイナちゃんのお母さんが」

アイナちゃんは泣きながら話してくれた。

お母さんが病気になったこと。

お給金をはたいて冒険者からポーションを買ったこと。

それでも病気が治らなかったこと。

お母さんを大きな街へ連れて行って治療《ちりょう》したいこと。

そのためにはおカネが必要なこと。

嗚咽交じりに、何度もしゃくりあげながら話してくれた。

「うぅ……ヒック……えぐぅ……ごめんなさい……シロウおひいちゃんごめんなさぃ……」

アイナちゃんは泣きながら、ずっと謝っている。

一方で一緒に話を聞いたライヤーさんは、

「チッ、いったいどこのどいつだ！　ちっこい嬢ちゃんにポーションを売ったバカ野郎《やろう》はっ」

何故《なぜ》かブチ切れていた。

隣に立つロルフさんも、口にこそ出さないものの怒《おこ》っているご様子。

「嬢ちゃん、嬢ちゃんにポーションを売った冒険者が、どんなヤツだったか覚えてるか？」

ライヤーさんの問いに、アイナちゃんは首を振る。

「……そっか。もし見つけたらおれに教えてくれ。一発……足りねぇな。一〇〇発ぶん殴《なぐ》ってやるからよ」

そんなライヤーさんの言葉が不思議だったんだろう。

アイナちゃんがきょとんとした顔をする。

答えたのは、ロルフさん。

「アイナ嬢、申し上げ難《にく》いのですが、アイナ嬢が譲ってもらったポーションに病を治す効力はないのです」

「……え？」

アイナちゃんが目を大きくした。

「ヒールポーションは外傷を癒《いや》す効果しかありません。他にも毒を打ち消すキュアポーションなどもありますが、全てのポーションに共通していることは、ただ一つ。それは、病を治すポーションなど存在しないということです」

「じゃあ……アイナがかったポーションは……？　ぼーけんしゃのひと、おかーさんの病気がなおるって――これのめばだいじょうぶだって……いってたんだよ？」

「同じ冒険者として非常に心苦しいのですが……アイナ嬢はポーションを売った冒険者に騙《だま》されてしまったのです」

自分が悪いわけでもないのに、ロルフさんは「申し訳ありません」と謝った。

なるほど。その冒険者は子供のアイナちゃんを騙しポーションを売りつけた。それでライヤーさんが怒っているわけか。

「……そっか。アイナ……だまされちゃったんだ」

アイナちゃんが呆然《ぼうぜん》とした顔をする。

「そっか……そう…………うぅ……」

こんどは悔《くや》しさからだろう。

アイナちゃんがポロポロと涙を流す。

俺はアイナちゃんの背中をさすりながら、「大丈夫だよ」と言い続けた。

しっかし……ロルフさんの話を聞く限り、これは買ったポーションが本物のポーションだったかも怪《あや》しいぞ。

チラリとみんなの顔を見る。

口には出さないけれど、俺と同じことを考えているようだった。

「ちっくしょうがっ！」

ライヤーさんが近くにあった椅子《いす》を蹴《け》りつける。

怒《いか》りのやり場を探した結果だろう。

冒険者の蹴りは破壊力抜群《はかいりょくばつぐん》。

俺がちょっとだけ気に入っていた椅子は、あっさりと壊《こわ》されてしまった。

「ロルフ、おれはそのクソ野郎を捜《さが》してくる！　後のことは任せたぞ」

「承知しました」

ライヤーさんは怒りの雄叫《おたけ》びを上げながら出て行った。

俺は、『クソ野郎』が見つかればいいなと思う気持ちが半分、事件にならないよう見つからない方がいいなと思う気持ちが半分で、その逞《たくま》しい背中を見送るのだった。

「人捜しはライヤーさんに任せて、俺はアイナちゃんのお母さんのところへ行こうと思うんですけど……お二人はどうします？」

俺の言葉に、ロルフさんとカレンさんは視線を交わし頷き合う。

「無論、私も同行しましょう。ライヤー殿《どの》に頼まれましたし、何より迷える者を救うのは神に仕える者の務めですからね」

とロルフさん。

カレンさんも当然だという顔で口を開く。

「町の住民を救うのは町長として当然だ。シロウ、わたしも行くぞ。だがその前に……」

カレンさんがアイナちゃんに顔を向け、続ける。

「アイナ、君の母親がかかった病は、ひょっとして『生《い》き腐《ぐさ》れ病』か？」

アイナちゃんの体がびくりと震《ふる》える。

そしてカレンさんを見つめ返し、

「……うん。おかーさんのびょーきはいきぐされびょうだって、薬師のおじちゃんが言ってた」

「やはり、そうだったか……」

カレンさんが肩《かた》を落とす。

「なんと、母君が生き腐れ病に……」

ロルフさんの表情も暗い。

二人の顔を見るだけで、『生き腐れ病』なるものがかなり厄介《やっかい》なのがわかった。

「ロルフさん、ちょっとこっちへ来てください」

「わかりました」

俺はロルフさんを店の二階へと連れていく。

「ズバリ教えてください。『生き腐れ病』って、どんな病気なんですか？」

念のためアイナちゃんに聞こえないよう、小声で質問する。

俺の意図を察してくれたんだろう。

ロルフさんは小声で説明してくれた。

「生き腐れ病とは、四肢《しし》がまるで腐ってしまったかのように力が入らなくなる病です。学者のなかには伝染病《でんせんびょう》ととらえる者もいるそうですが、未《いま》だに原因はわかっておりません。そして」

俺をまっすぐに見つめるロルフさんは、沈痛《ちんつう》な面持《おもも》ちでこう言ってきた。

「病にかかったほとんどの者が死に至ります」

◇◆◇◆◇

「……シロウお兄ちゃん、こっち」

いま俺たちは、アイナちゃんの家へと向かっていた。

メンバーはアイナちゃんを先頭に、俺とカレンさんとロルフさんの四人。

森に近い町外れ。

そこに、崩《くず》れかかった一軒《けん》の家があった。

「……」

俺はあたりを見回す。

近くに人が住んでいる気配はない。

「カレンさん、ここって……？」

隣を歩いているカレンさんの耳元に、そっと声をかける。

俺が何を訊きたいのか、すぐにわかったんだろう。

カレンさんは辛《つら》そうな表情を浮かべ、語りはじめた。

「生き腐れ病と知られては、町から追い出されると思ったのだろうな。母と二人、町の者たちに気づかれぬようここで暮らしているのだろう」

「そんな……」

「町長として不甲斐《ふがい》ないばかりだよ」

カレンさんの話によると、生き腐れ病になった人は町の住人たちから疎《うと》まれ、忌避《きひ》される。

こんな町外れの傾《かたむ》いた家に住んでいるのだって、ここ以外に行き場がないからだろう。

心情的にはぜんぜん納得《なっとく》できないけど、理解はできる。

もし病気が人に移る伝染病のようなものだった場合、近づくことはリスクでしかないからだ。

「アイナちゃんは、こんな町外れから店までやってきてくれていたのか……」

俺がそう呟《つぶや》いたタイミングで、

「ここだよ。ここがアイナのおうち」

アイナちゃんの家の前へと着いた。

少し傾いているアイナちゃんのお家《うち》は、二人で住むにはずいぶんと小さく感じる。

家の隣には小さな畑があって、ナスに似た野菜がちょっとだけ生《な》っていた。

「これね、ナシュっておやさいだよ」

俺の視線に気づいたのか、アイナちゃんが『ナシュ』を手に取って教えてくれた。

「スープにしておかーさんと食べてるんだ」

「……そっか。アイナちゃんが作ってるの？」

「うん。シロウお兄ちゃんもたべる？　アイナつくってあげるよ」

「えー。いいよー」

「ううん。おかーさんのごはんもつくらなきゃだし、たべてって。カレンお姉ちゃんも、ロルフお兄ちゃんも」

アイナちゃんはそう言うと、ナシュを二つばかりもぎり取る。

ナシュを両手で抱え、深呼吸を一回、二回。

「すーはー……すーはー……」

そして笑《え》みを浮かべ、

「おかーさーん、ただいまー！」

アイナちゃんは元気よく家の扉《とびら》を開けた。

俺はその小さな後ろ姿を見て、胸がチクリと痛んだ。

最初の深呼吸は、哀しい気持ちを落ち着かせるためのもの。

無理やり作った笑顔は……お母さんを安心させるためのもの。

アイナちゃん、君って子は……。

「おかーさん、今日はね、お客さんがいるんだよ！」

「……まあ、珍《めずら》しいこともあるのね」

アイナちゃんとは違う女性の声が聞こえてきた。

なんだか、とても優しい声音《こわね》だった。

「おかーさんにしょーかいするね。シロウお兄ちゃん、はいってはいって！」

笑みを浮かべるアイナちゃんが、俺を手招きしてくる。

なら――

俺は両手で自分の頰《ほお》を挟《はさ》むようにひっぱたく。

おし。気合が入ったぞ。

アイナちゃんに負けないぐらいの笑顔を作ってやる。

「はじめましてお母さん。アイナちゃんに店を手伝ってもらっている者で、士郎《しろう》・尼田《あまた》といいます」

笑顔でアイナちゃんの家へと入る。

まるで飛び込みの営業だ。

「そう。あなたが……」

そこには、ベッドで横になっている女性がいた。

「はじめまして。アイナの母でステラと申します」

アイナちゃんによく似たキレイな女性は、弱々しいながらも温かな笑《え》みを俺に向けるのだった。

アイナちゃんのお母さん──ステラさんは、俺を見てニコニコと微笑《ほほえ》んでいる。

親子だけあって瞳《ひとみ》の色がそっくりだ。

アイナちゃんのオッドアイは、ステラさんからの遺伝だったんだな。

「急に押《お》しかけちゃってすみません。アイナちゃんにお店を手伝ってもらっているから、ずっとご挨拶《あいさつ》に行かなきゃとは思ってたんですけど……」

「うふふ。いいんですよ。こうして会えたんですから。アイナがいつもお世話になっています」

「いいえ、むしろお世話になってるのは俺の方ですよ。アイナちゃんがいなかったら店が回りませんからね」

「まあ。がんばってるのねアイナ」

「うん。アイナね、シロウお兄ちゃんのお店でがんばってるの。おそーじしたりね、しょーひんをお客さんにわたししたりしてるんだよ」

「そう。偉いわ」

褒《ほ》められたのが嬉《うれ》しかったんだろうな。

アイナちゃんは「えへへ」と照れ笑い。

近くにあるテーブルにナシュを置き、俺の足に抱き着《つ》いてきた。

「アイナね、シロウお兄ちゃんのお店ではたらくの、とってもとってもたのしいのっ」

「最近毎日笑っているものね。アイナが楽しそうで、お母さんも嬉しいわ」

「ホント？　おかーさんもうれしい？」

「本当よ。とっても嬉しいの」

「やったー！」

アイナちゃんがぴょんぴょこ跳《と》び回《まわ》る。

着地のたびに床《ゆか》がミシミシと悲鳴を上げていた。

「シロウさん……と呼んでもいいかしら？」

ステラさんが訊いてくる。

「構いませんよ。なんならシロウでも」

「じゃあ、シロウさんで。シロウさん、ごめんなさいね。こんなはしたない格好で出迎《でむか》えてしまって」

ステラさんは視線を落とし、寝間着《ねまき》姿の自分を見て恥《は》ずかしそうにする。

「困ったことに、最近立つことも難しくなってしまって……ぅんしょ」

ステラさんが体を起こそうとする。

俺《おれ》は慌《あわ》てて手をぶんぶんと振《ふ》った。

「あーあー！　ムリに起きなくていいです。寝《ね》ててくださいっ」

「でもお客さまの前なのに……」

「おかーさん、寝てないとメッ、だよ！」

アイナちゃんがプクーとほっぺを膨《ふく》らませる。

怒ってるアピールだ。

「ホント俺たちのことは気にしないでください。逆にムリされたら居心地《いごこち》が悪いですって」

「うむ。シロウの言う通りだ。起き上がらず楽にして欲《ほ》しい」

会話が一段落するのを待っていたカレンさんが、満を持して登場。

少し遅《おく》れてロルフさんも入ってくる。

「アイナ、こちらの方はひょっとして……」

「町長さんだよ」

「あらまあ」

驚《おどろ》いた顔をするステラさん。

自分たちの町のトップがいきなり家に来たら、そりゃ驚いちゃうよね。

「どうして町長さんがうちに？」

「わたしが頼《たの》んだのだ。アイナに家まで連れて行って欲しいと」

「？」

きょとんとするステラさんに、

「町長殿《どの》は、アイナ嬢から母君がご病気と聞きお見舞《みま》いにやってきたのです」

ロルフさんが説明をした。

ステラさんは合点《がてん》がいったとばかりに頷《うなず》く。

「そうだったんですか。わざわざすみません」

「いや、謝るのはこちらの方だ。町長でありながら病に伏《ふ》す住民を救えずにいる。本当に……すまない」

カレンさんが頭を下げる。

悔しさからか、手を力一杯《ちからいっぱい》握《にぎ》りしめていた。

「そんな、顔を上げてください。わたしは町長さんに感謝しているんですよ。他所《よそ》から来たのに受け入れてもらって」

「……そうか」

「そうですよ。だからそんな顔したらメッ、ですよ」

「っ……。そうか。わかった」

カレンさんが表情を引《ひ》き締《し》める。

クールビューティーモードだ。

「それにしても……アイナはいつの間にか町長さんと仲良くなっていたのね。お母さん、しらなかったわ」

「えへへ。おどろいた？」

「ええ。とても驚いたわ」

「アイナね、おともだちいっぱいできたんだよ。シロウお兄ちゃんでしょ、カレンお姉ちゃんでしょ、あとこっちのロルフお兄ちゃん」

「はじめましてステラ殿。天空神フロリーネに仕える神官で、ロルフと申します」

「はじめましてロルフさん。娘《むすめ》がお世話になっています」

「あとねあとね、ここにはいないんだけどね、ライヤーお兄ちゃんとネスカお姉ちゃんと、キルファお姉ちゃんもおともだちなの！　みんな『すごうでのぼーけんしゃ』なんだよ。すごいでしょ？」

アイナちゃんは宝物を自慢《じまん》するかのように、俺たちを紹介《しょうかい》していく。

ステラさんは嬉しそうに、本当に嬉しそうに微笑んだ。

「お友だちがたくさんいて、アイナは幸せ者ね」

「うん！」

元気よく頷くアイナちゃん。

そして、たたたとベッドのそばへ行き、ステラさんの手を握《にぎ》る。

「アイナね、『しあわせもの』なの！」

「そう。良かったわ」

「おかーさんごはん食べた？　アイナね、シロウお兄ちゃんたちにナシュのスープつくるの」

「ごめんねアイナ。本当ならお母さんが作らないといけないのに……」

「ううん。アイナおりょーりするの好きだからへーきだよ」

「ありがとう。じゃあ頼んじゃおうかしら？　実はお母さん、お腹《なか》がペコペコなの」

「お腹ペコペコ？　アイナがごはんつくったら食べてくれる？」

「もちろんよ。早く食べたいわ」

「うん！　アイナにまかせて。すぐつくるから！」

アイナちゃんは一度奥《おく》の部屋へと入り、桶《おけ》を持って戻《もど》ってくる。

「川でお水をくんでくるねー」

「アイナ嬢《じょう》、私もお手伝いしますよ」

「ありがとロルフお兄ちゃん」

アイナちゃんとロルフさんが、水を汲《く》みに外へと出ていく。

そんな二人を見送った後、ステラさんはカレンさんへ顔を向け、

「町長さん、すみませんが少しだけ席を外していただけないでしょうか？　シロウさんと二人きりで話したいことがありまして……」

と言った。

「わかった。しばし外に出ていよう。シロウ、わたしは外で待っているから、話が終わったら声をかけてくれ」

「わかりました」

カレンさんも外へと出ていく。

これで部屋には、俺とステラさんだけとなった。

二人きりで話したいってことは、当然アイナちゃんのことについてだよな。

雇用《こよう》形態について訊《き》きたいのかな？

「それで、俺に話ってなんでしょう？」

「実は……シロウさんにアイナのことをお願いしたくて」

「お願い……ですか？」

そう訊き返すと、ステラさんは真剣《しんけん》な顔でこう言ってきた。

「はい。わたしが死んだあと、アイナの面倒《めんどう》を見てはもらえないでしょうか？」


自分が死んだあと、アイナちゃんのことを頼みたい。

そんなことを言われてしまった俺は、数秒の後、

「冗談《じょうだん》、ですよね？」

と返すのが精いっぱいだった。

「いいえ。冗談ではありません。わたしは本気です」

ステラさんの目は真剣そのもの。

言葉からも本気なのが伝わってくる。

「急にこんなことを言ってすみません。ですが、わたしにはあまり時間が残されていないようなので……」

悔しそうに自分の脚《あし》を見つめるステラさん。

「わたしの病気のことは、アイナから聞いていますか？」

「え、ええ。さっき聞きました。その……ステラさんが『生き腐れ病』と呼ばれている病

にかかっていることを」

「そのとき……アイナは泣いていましたか?」

「泣いていました。我慢《がまん》していた反動なのか、それはもうわんわんと」

「やっぱり」

ステラさんが何かを耐《た》えるように目をつむる。

「わたしは……ダメな母親ね」

そう自嘲《じちょう》気味に言うと、閉じていた目を開ける。

「アイナがずっと無理をしていたことには気づいていました。働けなくなってしまったわたしのために、がんばっていることも」

「……はい」

「わたしは、そんなアイナを見ていて辛かったです。母親なのになにもできなくて。でも本当に辛かったのは……アイナがわたしの前で無理に笑っていたことなんです」

「無理に?」

「ええ。病気のわたしを心配させまいと、虚勢《きょせい》を張っていたんでしょうね。お母さんは心配しなくていいんだよ、って。無理に笑いながら。そんなアイナを見るのが辛くて。自分が情けなくて……」

溜息《ためいき》をついたステラさんは、「でも」と言葉を続けた。

「最近のアイナにちょっとだけ変化がありました。ある話をするときだけ、とても楽しそうに笑っていたんです。取《と》り繕《つくろ》った笑いではなく、昔のように心の底から楽しそうに……。一度だけ、なんでそんなに楽しそうなのか訊いてみたことがあるんです。そしたらアイナはこう言いました。『優《やさ》しいお兄ちゃんと出逢《であ》ったんだよ』って。シロウさん、あなたのことですよ」

話すうちにステラさんの表情が和《やわ》らいでいく。

その顔を見るだけで、ステラさんにとってアイナちゃんがどんなに大切な存在かがわかった。

「アイナは、シロウさんの話をするときだけは楽しそうに笑っています。ずっと無理をして笑うことしかできなかったアイナが……それが――そんなアイナが、たまにですけど、本当の笑顔を見せてくれるようになったんです。今日はこんなことがあったよ、シロウお兄ちゃんがあんなことしてたんだよ、と。わたしはそれをずっと不思議に思っていました。人との出逢いで、アイナがこんなにも変わるのかと。でも……その理由が今日わかりました」

「理由……ですか」

「ええ。理由です」

ステラさんは俺を見つめ、言葉を続けた。

「シロウさんはあの人に——アイナの父親に似てるんです」

ステラさんはそう言って寂《さび》しげに微笑んだ。

その憂《うれ》いを秘《ひ》めた瞳は、俺越《おれご》しに旦那《だんな》さんを——アイナちゃんのお父さんを見ているんだろう。

「シロウさんがうちにやって来たとき、実はわたしビックリしていたんですよ。あの人が帰ってきた、って。心臓が止まるかと思いました」

「なんか、やって来たのが俺ですみません」

「ああ、そういう意味で言ったんじゃありません。勘違《かんちが》いさせたならごめんなさいね。嬉しかったたって言いたかったんです。シロウさんのおかげで、朧気《おぼろげ》になっていたあの人の顔を鮮明《せんめい》に思い出せるようになりましたから」

俺は少なくとも、ニノリッチの町で写真のようなものを見かけたことがない。

写真や動画のような、故人の姿を残す技術がないと仮定した場合、想《おも》い出は記憶《きおく》に頼るしかない。

そして記憶だけでは、大切な人の顔ですら年月と共に霞《かす》んでいってしまうんだろう。

「シロウさんのおかげであの人の顔を思い出せたから、いつ向こうへ行ってもすぐにあの人を捜し出せると思います。それとも優しいあの人のことだから、わたしを迎《むか》えに来てくれるかしら？」

「向こうって……ちょっとステラさん、いったい何を言って――」

「いいんです。もういいんですよ。わたしの体ですもの。もう長くないことは、わたしが一番わかっているんです」

ステラさんは右手を上げ、俺の顔の前に持ってくる。

痩《や》せ細《ほそ》ったその腕《うで》は、小刻みに震えていた。

「手も足も、もう自由に動かせません。わたしがあの人の下へ逝《い》くのも時間の問題でしょう」

無念だとばかりに首を振るステラさん。

「わたしはアイナだけが心残りでした。わたしが死んでしまったら、アイナはどうなるんだろう、って。ですが……シロウさんに会って、シロウさんと楽しそうにしているあの子を見て、わたしの心残りは消えました」

再びステラさんがまっすぐに見つめてくる。

「シロウさん、不躾《ぶしつけ》なお願いなのは重々承知しています。どうかアイナを――わたしが死んだら、アイナを引き取ってはもらえないでしょうか？　あの子は……とても泣き虫だから、心配で……」

ステラさんは目に涙《なみだ》を浮《う》かべ、言葉を詰《つ》まらせる。

自由に動かない腕では、涙を拭《ぬぐ》うこともできない。

娘を想《おも》って流れた綺麗《きれい》な雫《しずく》は、静かに頬を伝い続けていた。

「お願いしますシロウさん！　娘を――アイナをどうか――きゃあっ」

無理に起きようとしたステラさんが体勢を崩し、ベッドから落ちかかってしまう。

「あぶない！」

すぐに体をキャッチし、自然と抱《だ》きかかえる格好に。

「だ、大丈夫《だいじょうぶ》ですか？」

「………………はい」

「いまベッドに戻しますね」

「……はい」

どう支えたらいいかわからない俺は、悩《なや》んだ結果お姫様抱《ひめさまだ》っこに辿《たど》り着く。

ステラさんをお姫様抱っこした俺は、よいしょと持ち上げ、ベッドに寝かしつけようとして――

「あれ？」

不意にあることを思い出した。

「すみませんステラさん、ちょっと脚を触《さわ》ってもいいですか？」

「ふえっ!?　わたしのあ、脚ですか？」

「はい。脚です」

「……」

「あーあー！　べ、別に変なことじゃないですよ？　ちょっと気になったことがあっただけです！　やましい気持ちなんてこれっぽっちもありませんっ」

「こんな瘦せっぽっちの脚でよければ……いくらでも触ってください」

なんか勘違いされてるっぽいけど、いちおうＯＫは貰《もら》ったぞ。

「じゃ、失礼しまーす」

俺はステラさんをベッドに座《すわ》らせ、寝間着をちょっとだけまくり脚を出す。

成人女性の脚としては、ずいぶん細い。

「じゃあ、触りますね」

「……ど、どうぞ」

俺は一度心を落ち着け、ゆっくりと脚に触《ふ》れる。

つついたり、ちょっと強めに叩《たた》いてみたりと繰《く》り返《かえ》し、

「思った通りだ」

俺はある確信を得た。

「あの……なにが思った通りなのでしょう？　わたしの脚が、その……シロウさんのお好みだったんでしょうか？」

少しだけ頬を赤らめたステラさんが、恥ずかしそうに訊いてくる。

なにやら酷《ひど》い勘違いをされたみたいだぞ。

「違《ちが》います！　そんなんじゃないです！　ただ俺は、この『生き腐れ病』の原因と治療法《ちりょうほう》について心当たりがあっただけなんですって！」

慌てながらそう弁明すると、

「そ、そうなんですか。生き腐れ病のちりょうほう…………え？」

そこには、驚きを通《とお》り越《こ》して呆然としてしまったステラさんの姿が。

「はい。治療法です。ステラさんの病気、俺が治しますよ」

「……治る？　この生き腐れ病が……？」

「はい。治ります。というか治してみせます。この俺が」

「ほんとう……ですか？　ほんとうにこの病が……」

「約束しますよ。ステラさんと同じ病にかかった俺の叔父《おじ》は、ステラさんよりずーっと重い症状《しょうじょう》でしたけど、いまじゃピンピンしてますからね。ま、ここは俺に任せてみてくださ い」

俺は得意げな表情を作り、力強く頷いてみせる。

さっきまで雫程度だったステラさんの涙が、滝《たき》へと変わった。

次から次へと涙を流しては、感情を押しとどめようと唇《くちびる》を噛《か》みしめている。

「シロウさん……わたしは……わたしは……」

ステラさんは消え入りそうな声で、でもハッキリと。

「……まだ死にたくありません」

ステラさんはずっと絶望の中にいて、希望が見えず生きることを諦《あきら》めていたんだろう。

俺はそんなステラさんを安心させるように、そっと手を握った。

生きる希望を、感じてもらえるように。

「大丈夫です。ステラさんは死にませんよ。これからもアイナちゃんと暮らせますって」

「シロウさん……」

ステラさんの瞳が俺を見ている。

俺は視線を逸《そ》らさずに、「大丈夫です」と頷く。

アイナちゃんたちが戻ってきたのは、そんなタイミングでのことだった。

「アイナたちが戻ってきたぞ。シロウ、話はまだ――」

「おかーさんただい――」

「シロウ殿ただいまもど――」

外に出ていた三人が同時に戻ってきて、扉を開けた瞬間《しゅんかん》同時にフリーズ。

三人の視線の先には、脚をはだけさせたステラさんが俺に手を握られ、滝のように涙を流している姿が映っていることだろう。

さて、どう無実を証明したものか。

第一六話　病の正体

申し開きをするのは、なかなか骨が折れた。
単純にお母さんが泣いていたことを心配するアイナちゃん。
厳しい顔つきで詰め寄《よ》ってくるカレンさん。
無言のままメイスを握りしめるロルフさん。
ステラさんが事情を説明してくれなかったら、いったいどうなっていたことやら……。
想像するだけで恐《おそ》ろしい。
でも、誤解が解けたあとはいつも通り。
みんなの意識は、俺の冤罪《えんざい》から『生き腐れ病』を治す手段へと移っていた。
「この生き腐れ病はですね、俺の故郷では『脚気《かっけ》』と呼ばれています」
「「「「カッケ？」」」」
四人の声がきれいに重なる。
俺は頷き、脚気について説明をはじめた。

「脚気は、十分に栄養を摂《と》れていないときにかかる病気なんですよ」

人間が生きていくには各種ビタミンが必要で、それが足りなくなると病気になる。

そんなビタミン欠乏症《けつぼうしょう》の代表とも言えるのが、現在進行形でステラさんを蝕《むしば》んでいる『生《い》き腐《ぐさ》れ病』こと『脚気』だ。

脚気かどうかを判断する材料として、膝《ひざ》の下のくぼみを叩いて足が跳《は》ね上《あ》がるか試《ため》す方法がある。

健康な人は膝のお皿の下の部分を叩くと反射で足が跳ね上がるけど、脚気になった人にはこの反応が出にくくなるのだ。

ステラさんの膝下にチョップ《手刀》したとき足が跳ね上がらなかったことから、俺は『生き腐れ病』と呼ばれている病の正体が脚気だと確信した。

脚気は進行すると手足が痺《しび》れて動かなくなり、最期《さいご》は心臓が止まり死に至る。

日本でも大正時代に年間数万人もの死者を出した恐ろしい病気だけど、治療法は至って簡単。

不足しているビタミンを摂取《せっしゅ》すればいいだけなのだ。

そしてビタミン剤《ざい》なんか、日本じゃ薬局どころかコンビニでも売っている。

「というわけで、俺は一度店に戻って薬を取ってきますね」

「シロウ、生き腐れ病を治す薬があるというのか⁉」

俺の言葉にカレンさんが驚く。

その隣《となり》では、いつもニコニコしているロルフさんも目を見開いてビックリしていた。

「シロウお兄ちゃん……おかーさんをなおすお薬があるの？」

アイナちゃんが声を震《ふる》わせ訊いてくる。

涙が浮かぶ瞳には、僅《わず》かに希望の光が灯《とも》っていた。

俺はしゃがみ、アイナちゃんと目線を合わす。

「ああ、あるともさ。急いで薬を取ってくるから、待っててもらえるかな？」

「うん。アイナまってる」

「よし。いい子だ。じゃあ俺、ちょっと行ってくるよ」

◇◆◇◆◇

ニノリッチから自宅へと戻ってきた俺。

仏壇《ぶつだん》では、ばーちゃんが呆《あき》れるぐらいの笑顔でダブルピースしている。

遺影《いえい》の両サイドを飾《かざ》るのは、アイナちゃんが摘《つ》んできたお花。

アイナちゃんは俺の店で働くようになってても毎日花を摘んできては、俺にプレゼントしてくれていたのだ。

「ばーちゃん、ずっと俺に言ってたよね。困ってる人がいたら助けてやれって」

はじめて言われたのは、俺がまだ幼稚園児《ようちえんじ》だったとき。

ばーちゃんは、事あるごとにこう言っていた。

『士郎《しろう》、自分の手が届くところで困っている人がいたら、できる限り助けておやり。そうすればいつか士郎が困ったとき、いままで助けてきた人たちが士郎のことを助けてくれるからね』

俺が『情けは人の為《ため》ならず』ということわざを知ったのは、それからずっと後のことだ。

「見ててくればーちゃん。俺、いまから人助けしてくるよ」

いま、俺の手が届くところで困っている人がいる。

しかも、ただ困っているだけじゃない。

誇張《こちょう》なしに生命の危機レベルで困っている人だ。

「さーて、いっちょやりますか」

俺は銀貨を一〇枚取り出す。

「等価《とうか》交換《こうかん》スキル発動！」

目の前で銀貨がしゅんと消え、代わりに一万円札が一〇枚現れる。

俺はこの一〇万円を軍資金として、ドラッグストアでビタミン剤を買い占《し》めた。

購入《こうにゅう》したビタミン剤を全《すべ》て空間収納《くうかんしゅうのう》にしまい、再びアイナちゃんのお家へ。

「お待たせしました！」

買い物に時間がかかったため、すっかり日は沈《しず》み窓からは月明かりが差し込んでいた。

みんなが見守るなか、俺は握りしめていた手を広げる。

「ステラさん、これを飲んでみてください」

そう言い、握っていた小瓶《こびん》からオレンジ色の錠剤《じょうざい》を取り出す。

「その橙色《だいだいいろ》のものをですか？」

「ええ。見た目はちょっと毒々しいかもしれませんけど、実はこれ『生き腐れ病』を治す薬なんですよ」

「この丸薬《がんやく》が……？」

「はい」

俺の手のひらにある錠剤を、まじまじと見つめるステラさん。

何《なに》を隠《かく》そう、この錠剤こそが日々命をすり減らしているサラリーマンの最後の生命線であり、日本で一番有名なサプリメントの『チョコラータBB・ミラクルマルチビタミン＆ミネラル』だ。

この錠剤を朝晩一錠ずつ飲むだけで、必要な各種ビタミンがまるごと摂れちゃうすぐれ物。

口内炎《こうないえん》だってすぐ治っちゃうぐらいだから、その効果は折り紙付きで、俺が自信を持ってオススメできちゃう一品だ。

「シロウ、疑うわけではないが、その……本当に効くのか？」

カレンさんが訊いてくる。

町長として、質問せずにはいられなかったんだろう。

「一回飲んだだけでは治りません。ですが毎日飲み続けることによって少しずつ良くなっていき、やがて完治します」

「このお薬を毎日……ですか」

ステラさんがなにやら思《おも》い詰めた表情で言う。

やっぱり色か？

この錠剤のどぎついオレンジ色に抵抗《ていこう》があるのか？

とか思っていたら、

「……お薬ということは、やはり高価なものなんですよね？」

とステラさん。

あ、気にしていたのはそっちか。

俺は首を横に振る。

「お代のことは気にしないでください」

「ですが……」

「それに、お代は後からキッチリ回収させてもらう予定ですから。アイナちゃんの笑顔《えがお》でね」

「っ――」

ステラさんが言葉に詰まり、俺を見返してくる。

「俺はこの町に来て、アイナちゃんにとても助けられました。こんどは俺がアイナちゃんを助ける番です。さ、飲んでください」

「シロウさん……」

「おかーさんお薬のんで」

「アイナ……」

「はやくはやく」

アイナちゃんが水の入ったコップをベッドまで持っていく。

「……うん。頂くわ」

アイナちゃんが手伝い、ステラさんがビタミン剤を飲む。

「この薬は朝晩一粒《つぶ》ずつ飲んでくださいね」

「わかりました」

ステラさんが頷く。

そしてみんなが見守るなか、

「……んく。…………これでいいのかしら？」

ステラさんはビタミン剤を飲み込むのだった。

最終話　母と子と

そして一ヵ月《げっ》が経《た》ち、ついにその日がやってきた。

アイナちゃんが町外れに住んでいることを知った俺は、店を閉めた後アイナちゃんを家まで送るのが日課となっていた。

夕方の鐘《かね》が鳴り、店を閉め、アイナちゃんを家まで送る。

アイナちゃんが「ただいまー」と笑顔で家の扉《とびら》を開けると、そこには——


「お帰りなさい、アイナ」


ステラさんが立っていた。

自分の足で、誰《だれ》の支えも借りずに、一人で立っていたのだ。

まだちょっとフラフラしているけど、それはきっと寝たきりで筋力が落ちてしまったからだろう。

「おかーさん……」

「うふふ。見てアイナ、お母さんもう立てるようになったのよ。すごいでしょ？」

ステラさんが得意げに微笑《ほほえ》んでみせる。

対して、アイナちゃんはというと……。

「あ、ぅ……おかーさん……もう、立て……るの？」

「そうよ。立てるわ。もう少しで歩くことだってできそうよ。これも全部シロウさんのおかげね」

アイナちゃんはくしゃりと表情を歪《ゆが》め、顔を伏せる。

その小さな背中は震えていた。

「……おかーさん、もう……元気になった……？」

「ええ。元気すぎて困っちゃうぐらい」

「じゃあ……むかしみたいに……またアイナとねてくれる？」

アイナちゃんの足元に、ぽたぽたと雫が落ちていく。

俺《おれ》はそんなアイナちゃんの背中をさすろうとして――ぐっと堪《こら》える。

うん。そうだよな。

これは俺の役目じゃないもんな。

そう思った俺はステラさんの隣に行き、そっと耳打ちする。

「ステラさん、アイナちゃんを安心させてあげてください」

「もちろんです」

ステラさんは小声でそう返すと、俺の手を借りてアイナちゃんの傍《そば》へ。

アイナちゃんは涙を流している。

ずっと不安に押《お》しつぶされそうだったアイナちゃん。

そんなアイナちゃんの涙を止めてやれるのは、母親であるステラさんしかいない。

「アイナ、これからは毎日一緒《いっしょ》に寝《ね》ましょうね」

ステラさんがアイナちゃんを優しく抱きしめ、

「うあ……おかーさん……おかあさぁんっ!!」

アイナちゃんは泣きじゃくった。

俺の知ってる賢《かしこ》くて頑張《がんば》り屋さんなアイナちゃんからは想像できないぐらい、それはもう子供らしく泣きじゃくった。

そこには、母親に甘《あま》える八歳《さい》の女の子がいたのだ。

「ずっと心配させてごめんね。これからも――」

ステラさんも目に涙を浮かべ、続ける。

「一緒に生きていきましょうね」

俺はそっと扉を閉め、一人外に出る。

沈みかかった夕日が辺りを茜色《あかねいろ》に染め上げ、とてもきれいだった。

「ばーちゃん、いまなら俺、胸張ってこう言えるよ。『人助けできた』ってさ」

エピローグ

「いやー、今日もいい一日だったなぁ」

俺はいま、ばーちゃんの家から持ってきたロッキングチェア《揺り椅子》に揺られていた。

時刻は太陽が山の向こうに沈みゆく午後六時。場所は店の裏側にある広い庭。

ロッキングチェアに揺られながら、大好きなクラフトビールをちびちびと。

「っぷはー。仕事後に夕日を眺《なが》めながらビールを飲めちゃうなんて、なんて贅沢《ぜいたく》なんだろ」

夕日が沈みきると、こんどは夜空に星々が煌《きら》めくのだ。

「東京じゃこんなキレイな夕日は見えないもんなぁ」

ポテチをぽりぽり。ビールをごくん。

「…………こっちに来るようになってまだ二ヵ月もたってないけど、いろいろあったもんだ」

サプリメントのおかげで、ステラさんはすっかり元気になった。

アイナちゃんから聞いた話では、毎晩一緒に寝ているそうで、

「おかーさんと話してるとね、アイナうれしくて楽しくて……なかなかねられないんだぁ」

とのことだった。

それだけじゃない。

「シロウお兄ちゃんきいてきいて！　アイナね、きのうおかーさんとおりょーりしたんだよ！」

「おかーさんとにらめっこしたらね、こーんなかおしてたのっ」

「このお花おかーさんとつんできたんだよ。きれいでしょ？」

アイナちゃんと会話をすると、ここ最近はステラさんの話題ばかり。

大好きなお母《ステラ》さんに、全力で甘えることができている証拠《しょうこ》だ。

俺には、それがすっごく嬉《うれ》しかった。

大切な娘《むすめ》のことばかり想っていたステラさん。

大好きな母親のために一生懸命《いっしょうけんめい》がんばってきたアイナちゃん。

あの優しくて温かな母娘《おやこ》が、ずっと幸せでいてくれるといいな。

「そういえばエミーユさん、めっちゃ忙《いそが》しそうだったな。はじめて会ったときはあんなにヒマそうだったのにさ」

へっぽこ冒険者《ぼうけんしや》ギルドだった『銀月《ぎんげつ》』は、正式に冒険者ギルド『妖精《ようせい》の祝福』に加盟し、ニノリッチ支部となった。

それに伴《ともな》い、ライヤーさんたち『蒼い閃光《せんこう》』は、妖精の祝福所属の冒険者へ。

他所《よそ》からも続々と屈強《くつきよう》な冒険者が集まり、大森林の探索《たんさく》に精を出しているんだとか。

エミーユさんはギルドマスター代理という責任ある立場から解放され、ただの受付嬢《うけつけじよう》に戻《もど》り、お金持ちの冒険者が来るのを日々待っているそうだ。

きっとお金持ちの冒険者が来たら、また制服のボタンを外しはじめることだろう。

そうそ。おカネといえば、この二ヵ月で俺は五〇〇〇万円近くも稼《かせ》いでいたんだっけ。

マジで一年間きっちり働いたら、もうゴールしていいのかもしれない。

「あっという間に五〇〇〇万円か……。俺がニートになる日も近いな」

と一人呟《つぶや》いたときだった。

「なにが近いのだシロウ？」

「おわぁっ!?」

急に後ろから声をかけられた。

ロッキングチェアからずり落ちそうになりながらも振《ふ》り返ると、

「こんばんはシロウ。静かでいい夜だな」

カレンさんが立っていた。

「……カレンさんでしたか。はぁー……。ビックリさせないでくださいよ。心臓が止まるかと思いました」

「フフ。すまないな。夜の散歩中に君の店の前を通ったら、裏から君の声が聞こえてな。試しに覗《のぞ》いてみれば、一人で楽しそうにしているじゃないか。それでつい、な。君をからかいたくなったのさ」

「ひどいなー」

口ではそう言いつつも、悪い気はしない。

むしろ、カレンさんのお茶目《ちゃめ》な一面が見られて嬉しいぐらいだ。

「なにを飲んでいるのだ?」

「俺の故郷のお酒です。よかったら一緒に飲みます?」

「せっかくのお誘《さそ》いだ。いただくとしよう」

俺はクーラーボックスに入れてある、新しい瓶《びん》ビールを掴《つか》む。

蓋《ふた》を開け、瓶ごとカレンさんに渡《わた》す。

「ほう。硝子《がらす》の容器とは豪勢《ごうせい》だな。高価なものか?」

「いえ、ぜんぜん高くないものですよ。味はピカイチですけどね」

「楽しみだ。……んく……んく……ふぅ。確かに美味《うま》い酒だな」

「でしょ？　俺のお気に入りなんです」

「そうか。シロウは酒の趣味《しゅみ》もいいのだな」

「あはは、褒《ほ》めたってお酒しか出ませんよ？」

「それはいい。ならもっと褒めなくてはならないな」

「じゃんじゃん褒めていいですよ。俺、実は褒められて伸《の》びるタイプなんです」

「ほう。なら頭も撫《な》でてやろうか？」

カレンさんがわざとらしく俺の頭に手を伸ばしてくる。

「ちょっ、やめてくださいよ」

「ン？　君は褒められて成長するのだろう？　ならば素直《すなお》に撫でられておけ」

そう言うとカレンさんは、俺の頭を楽しそうに撫ではじめた。

かなーり恥《は》ずかしいけれど、ちょっとだけ心地《ここち》いい。

頭を撫でられるのなんて、いつ以来だろ？

最後に撫でてくれたのはばーちゃんだったかな？

「……シロウ、この町に来てくれてありがとう。アイナの母を救ってくれたことも含《ふく》め、シロウには感謝してもしきれない。報酬《ほうしゅう》というわけではないが、なにかわたしにできることはないか？」

　と頭を撫でながらカレンさん。

「やだなー。報酬とかいりませんって。俺は自分にできることをしただけです。それにステラさんが元気になって、それでアイナちゃんも元気になって、アイナちゃんと親しい人たちも笑顔になって……うん、俺はそれが嬉しいんですよ」

「君という男は……欲というモノがないのだな」

　カレンさんは手を止め、呆れと尊敬が入り交じった目を俺に向ける。

「いやいや、俺は欲深い男ですよ。おカネを稼ぐのが大好きですから」

「そう言うくせに君は稼ぎ方が他の商人とは違うな。奴《やつ》らはもっとガメツイ。わたしは聖人のような商人など、見たことも聞いたこともないぞ」

「辺境《ここ》にいないだけで、きっとどこかにはいますよ」

「例えばわたしの目の前に、とかか？」

「え、どこですか？」

　俺がわざとらしくキョロキョロしてみせると、急にカレンさんが噴《ふ》き出《だ》した。

「っぷは。くく……あははははっ。もうっ、そんなに笑わせないでくれ」

堪《こら》え切れないとばかりに笑い続けるカレンさん。

その姿を見て、俺もあははと笑う。

「ふぅ……。こんなに笑ったのは久しぶりだ」

「笑顔は健康の素ですよ。アイナちゃんもたくさん笑ってますしね」

「あの子を笑顔にさせたのは間違《まちが》いなくシロウの力だよ。アイナだけじゃなく、わたしやエミィもね」

カレンさんは優《やさ》しく微笑み、続ける。

「シロウには町に住む多くの者が助けられている。こんなにも多くの者を救うなんて、シロウはまるで吟遊《ぎんゆう》詩人が歌う英雄《えいゆう》や勇者のようだな」

「ちょっ、やめてください。大袈裟《おおげさ》ですって。俺は自分の手が届く人たちに、ほんの少し手を貸しただけですよ。だって、困ったときはお互《たが》い様《さま》じゃないですか」

「それを簡単に言え、言葉通りに行動できるのが君の凄《すご》いところだよ」

「んー、だとしたら育ててくれたばーちゃんのおかげかな？」

「君のお婆様《ばあさま》の？」

「はい」

俺はそこで一度区切り、ばーちゃんの言葉を思い浮かべる。

「士郎《しろう》、自分の手が届くところで困っている人がいたら、できる限り助けておやり。そうすればいつか士郎が困ったとき、いままで助けてきた人たちが士郎のことを助けてくれるからね、って。ばーちゃんからそう教わって育ったんですよ」

「……。素晴《すば》らしいお婆様だな。名を訊《き》いても？」

「構いませんよ。ばーちゃんの名前は、有栖川澪《ありすがわみお》っていいます」

ばーちゃんの名前を言った瞬間のことだった。

カレンさんが驚《おどろ》きで目を見開いた。

「アリス・ガワミオ⁉　シロウ、君はあの不滅《ふめつ》の魔女《まじょ》アリスの孫だというのかっ⁉」

「…………へ？」

しばし思考が停止。

数秒かけて、ばーちゃんの手紙に書かれていた文面を思い出す。

『いままで黙《だま》っててすまないね。実は婆ちゃんな、八〇年前にルファルティオという世界から日本にやってきた魔女なんじゃよ』

いやいや、待ってよ。

ちょっと待ってくれって。

「カレンさんが……ばーちゃんを知っている？」

俺は呆然《ぼうぜん》と訊き、カレンさんはこくりと頷《うなず》く。

「知っているとも。知らぬ者などこの大陸にはおるまい」

マジかよ。

ばーちゃん異世界じゃ有名人だったのかよ。

驚く俺に、カレンさんは更《さら》にたたみかけてきた。

「まあ、わたしのように直接会ったことがある者は少ないだろうがな」

「……え？」

「わたしが魔女アリスに会ったのは去年のことだった。この町に縁《ゆかり》があるらしくてな。突《とつ》然《ぜん》、収穫祭《しゅうかくさい》の日に現れては……フフッ、酒を飲んで楽しそうに踊《おど》っていたよ」

「……去年？」

ちょっと何言ってるんですか。

だってばーちゃんは七年前に行方《ゆくえ》不明になって……あ、でも偶然《ぐうぜん》に、奇跡的《きせきてき》に名前が一《いっ》致《ち》したってことも――

「ああ、去年だ。あのときのことはいまでも覚えている。不滅の魔女アリスが、星の欠片《かけら》を集めて作った魔皇剣《まこうけん》メルキプソンをわたしに見せてくれてな。あの伝説のメルキプソンをだぞ?」

カレンさんの言葉で、俺はその『不滅の魔女』が間違いなくばーちゃん本人だと確信した。

なぜなら、『メルキプソン』は、ばーちゃんが生涯《しょうがい》に亘《わた》って一推《お》しのアクションスターの名前だったからだ。

「魔皇剣メルキプソンを振るう不滅の魔女アリス。まさか彼《か》の魔女がシロウのお婆様だったとはな。だが……驚くと同時に納得《なっとく》してしまったよ。シロウが見たこともない薬やアイテムを持っている理由にね」

カレンさんがやれやれとばかりに肩《かた》をすくめる。

「お婆様とは会っているのか?」

「もう七年会ってません。でも……その前にちょっとだけ時間をもらっていいですか?」

「ン?　別に構わないが……どうかしたのか?」

「いえ、まあ少し。じゃあちょっとだけ失礼して……」

俺はロッキングチェアから立ち上がり、庭の真ん中まで歩いていく。

思いきり空気を吸い込み肺を酸素で満たすと、

「ってか、ばーちゃん生きてたのかよおおおぉぉぉぉぉぉっ!!」

陽《ひ》の沈んだニノリッチの町に、俺の絶叫《ぜっきょう》がこだまするのだった。

あとがき

『いつでも自宅に帰れる俺は、異世界で行商人をはじめました』、略して『異世界行商人』を読んでいただき、ありがとうございました。

本作がはじめての方ははじめまして。

前作を読んでくれていた方にはお久しぶりです。

著者の霜月緋色です。


本作のキャラたちは、私がずっと『いつかイラストを描いてもらいたい！』と願い続けていた、いわさきたかし先生に命を吹き込んでもらうことができました。

願いって叶うんですね（感涙）。

表紙はもちろん、口絵も挿絵もびっくりするほど丁寧に描かれていますので、まだ本編を読まれてない方は楽しみにしていてくださいね。

本作は、亡き祖母の家が異世界に繋がっているとこを知った主人公が、異世界で商売をはじめる物語です。

そして商売を通じて異世界の人たちと知り合い、絆を深め合っていきます。

設定が前作と似ていますが、切り口は大きく変えたつもりです。


母親想いのアイナ。

町の発展を願う町長のカレン。

ぽんこつなエミィや、頼もしい蒼い閃光の四人による物語は楽しんでもらえたでしょうか？

楽しんでもらえたなら幸いです。

本作に出てきたキャラたちは次巻でも登場しますので、楽しみにしていてくださいね。

さて、おそらくはこのあとがきが最初の発表になると思いますが、『異世界行商人』がコミカライズしちゃいます！（パチパチパチッ）
コミカライズを担当してくださる漫画家さんは、明地雫先生になります。
某有名作品のスピンオフを描かれていた漫画家さんで、可愛いキャラからイケメンキャラまでなんでも描けてしまうすごいお方です。


楽しみですよね？

でも、誰よりも楽しみにしているのが私だったりします。

2巻が発売するころにはコミカライズ連載がはじまっていると思いますので、もう少しだけお待ち下さい。


では謝辞を。

イラストレーターのいわさきたかし先生、素晴らしいイラストをありがとうございました。

いただいたイラストは全てスマホに保存し、フォルダまで作って毎日見ています。

担当編集様、HJ文庫編集部と関係者の方々、また一緒にお仕事できて嬉しいです。

支えてくれている家族と友人たちとワンコたち。

ほぼ毎日創作についてあーでもない、こーでもないと語り合う作家仲間たち。

ここまで読んでくださった皆様にも最上級の感謝を！
ありがとうございました。

最後に、本の印税の一部を、支援を必要としている国内の子どもたちのために使わせていただきます。
貧困支援や学習サポートをすることによって、子どもたちはあたり前のことがあたり前になる人生を手にすることができます。

この『異世界行商人』を買ってくれたあなたも、子どもたちに『あたり前』をプレゼントした一人ですよ。
子どもたちが大人になったとき、ライトノベルのファンになってくれると嬉しいですね。

では、二巻でまたお会いしましょう。

霜月緋色

Anytime I can!
いつでも自宅に帰れる俺は、異世界で行商人《ぎょうしょうにん》をはじめました
霜月緋色 著
Hiiro_shimotsuki
ill. いわさきたかし
第2巻、今夏発売予定…!
「小説家になろう」
四半期
第1位
異世界転生・転移ファンタジー部門
(2019年8月19日時点)
らくらく
異世界生活!!

コミカライズも近日連載開始!
漫画：明地雫　原作：霜月緋色　キャラクター原案：いわさきたかし
万能スキル
《等価交換》で

コミカライズも連載中の
スナイパー英雄譚！
著／かたなかじ
イラスト／赤井てら
漫画：瀬菜モナコ
原作：かたなかじ
キャラクター原案：赤井てら
発売予定!!

魔眼と弾丸を使って
異世界をぶち抜く!
第8巻 2020年夏

HJ NOVELS
HJN47-01

いつでも自宅に帰れる俺は、異世界で行商人をはじめました 1

2020年4月22日　初版発行

著者――霜月緋色

発行者―松下大介

発行所―株式会社ホビージャパン

〒151-0053
東京都渋谷区代々木2-15-8
電話　03(5304)7604（編集）
　　　03(5304)9112（営業）

印刷所――大日本印刷株式会社

装丁――ansyyqdesign／株式会社エストール

ISBN978-4-7986-2198-2　C0076

ファンレター、作品のご感想お待ちしております

〒151－0053　東京都渋谷区代々木2－15－8
(株)ホビージャパン HJノベルス編集部 気付
霜月緋色 先生／いわさきたかし 先生